三十六大

冯唐 / 著

浙江文艺出版社

2009年9月，*GQ*简体中文版创刊以来，
我霸占了每期最后一页内容，写了三年三十六期公开信，
讲人生观和世界观。
在写作这个专栏的过程中，度过了我的四十岁生日。
我不是孔丘，对于这个世界，也不知道是否已经不惑了。
我想，如果我有个儿子或者女儿，
如果只能选一本书给他们看，我会选这本。

——冯唐

目　　录

目

录

目

录

01 大欲

我唯一的外甥：

你妈是我唯一的姊妹，你是你妈唯一的儿子，所以你是我唯一的外甥。

上次和你妈通电话，她说你改变巨大。尽管你还是长时间一个人关起门待在你的房间，但是天理已经开始起作用，你现在不只是打网络游戏了，你开始给你认识的小姑娘打电话了。

我记得你打网络游戏的狂热。从六岁起，平常上学的时候，你妈不叫你三次，不拎着菜刀进你房间，你不会起床。但是周六和周日，五点多钟，鸡还没叫，你就起床了。你用被子遮住门，这样灯光就漏不出来，你妈就不会发现你在打网络游戏。但是我知道。我去美国看你妈，通常都睡你旁边的房间。你打游戏的时候喝水，实在憋不住了，你就跑步上厕所。你跑去，你跑回，可真快啊，你撒尿，可真生猛啊，三年之内，马桶被你尿坏了两个。你打游戏的时候吃饭，最喜欢的是比萨饼，你跑来，你跑回，嘴里叼一块，手里抓一块。你和我很少说话，上次你和你妈一起去机场接我，你见面竟然连续和我说了三句中文："小舅你好。""明天我生日。""你给我买一个Wii吧。"

你妈说你或许是尚被埋没的电子游戏天才，我说或许只是痴迷。你妈问我，将来靠电子游戏能养活自己吗？我说，难。做游戏运营商，太损阴德。做游戏开发，需要数学天才。我认识的三个数学天才，一个在高盛做衍生产品风险模型，两个去开发魔兽争霸。你二十道算术题错八道，你妈说你不上进，你告诫你妈，做人不能太贪婪。做职业游戏运动员，需要生理畸形。如果想靠比赛挣钱过上体面的生活，打键盘的左手和右手都得是六指儿。

我有一个拍纪录片的朋友，比我黑，比我帅，他叫陈晓卿。他有个儿子，年纪和你一样大，比他白，比他帅，他看他儿子的眼神常常充满谄媚。他儿子最近和他爸一起到我家，他对我们谈的天下、入世、出塞、艺术、民众等等都没有兴趣，喝了一小杯黑方，两眼放光，还要。他爸坚持不再给，我拿出iPhone，找了个游戏给他打发无聊。那个游戏叫"Shake Me（晃我）"，非常简单，使劲儿摇晃，上面姑娘的衣服就一件件减少。他借着黑方的劲儿，两眼放光，晃了半个晚上，回家的时候，晃手机的右胳膊比左胳膊粗。后来陈晓卿说，孩儿他妈把我列入了不可来往的黑名单，她发现，从我那里回去之后，孩儿的百度搜索记录，最多的就是：美女，裸体。

这次你妈说你开始放下游戏，开始给姑娘打电话，证明了你不是游戏天才，天才不会放下，也证明了天理在你身上起了作用，就像它让小陈搜索美女的裸体一样。

我知道，这时候，围绕着小姑娘，你有十万个为什么。姑娘为什么笑起来比阳光还灿烂？头发洗顺了为什么比兰花还好看？你不爱吃肥肉但是为什么老想着女生衬衫包裹下的胸部？有些姑娘在千百人里为什么你一眼就看到？为什么看到之后想再看一眼？为什么看不到的时候会时时想起？为什么她出现的时候你会提高说话的声音？为什么你从来不打篮球，她去了你就跟着去了？等等，等等。

我只帮你解说（不是解答）一个问题：姑娘是用来做什么的？

简单地说，姑娘是个入口。世界是一棵倒长的树，下面是多个分岔的入口，上面是同一的根。姑娘和溪水声、月光、毒品、厕所气味等等一样，都是一个入口。进去，都有走到根部的可能。

复杂些说，姑娘可以大致有五种用途。

姑娘可以做朋友。你或许慢慢会发现，有的姑娘比男孩儿更会倾听，更会扯脱你脑子里拧巴的东西。姑娘的生理构造和我俩不一样，我俩说："我来想想。"姑娘说："我想不清楚，我就是知道。"在上古时期（夏商之前），没台历，没时钟，没计算机，没战略管理，部族里就找一个十三不靠眼神忧郁的文艺女青年，不种玉米了，不缝兽皮了，专门待着，饮酒、自残、抽大麻，她的月经周期就被定义为一个月，她说，打，部族的男人就冲出去厮杀。

姑娘可以做老师。你或许慢慢会发现，年纪和你相仿的女生比你懂得多，特别是和世俗相关的，年纪比你大的女生就更是如此。找个姑娘当老师，你学习得很自然。年少时被逼学习，往往效果很差。我爸，也就是你姥爷，逼我跟着一个叫*Follow Me*的英文教程学英语，在之后的两年里，我听见英文，心里就骂，Follow你妈，F你妈。但是这种自然的学习有一个潜在的坏处，你这样学习惯了，有可能失去泡姑娘的能力，基本不知道如何搭讪其他女生。你的姑娘教会你很多人生道理，但是不会教你如何解开其他姑娘的胸衣。

姑娘可以做情人。这个方面，她们往往和我们想的不一样。每个姑娘都渴望爱情，尽管每个姑娘都不知道爱情是什么。每个姑娘都觉得自己独一无二，尽管每个姑娘的DNA图谱基本相同。更可怕的是，每个姑娘都希望爱情能永恒，像草席和被面一样大面积降临，星星变成银河，银河走到眼前，变得阳光一样普照。姑娘们以爱情的名义残害的生灵，包括她们自己，比她们以爱情的名义拯救的生灵多得太多。下次陈晓卿再把小陈带来玩耍，我还给他喝黑方、玩游戏，但是我告诉他，回去要记得百度“爱情，忠贞”，他妈发现之后，就会把我从黑名单上拿下来了。

姑娘可以做性伴。性交和吃饭和睡觉一样，是人类正常需要，和吃饭和睡觉一样，可以给你很多快乐。十五岁的时候，班上一个坏孩子和我诉说，人生至乐有两个，一个是夏天在树下喝一大杯凉啤酒，另一个是秋天开始冷的时候在被窝里抱一个姑娘，大面积地皮肤接触，长时间地摩擦。我当时只能理解其中一个，啤酒那个。过了很久我才理解，姑娘通常比左手和右手都好。多年以来，人类赋予性交太多的内涵、外延和禁忌。所以你如果想把姑娘这样用，你的小宇宙必须非常强大，姑娘的小宇宙也必须非常强大。通常这两件事儿很少一起发生。

姑娘可以做家人。通常情况下，你妈和你爸会死在你前面，你姥姥和你姥爷会死在你妈和你爸前面。如果你找个比你小些的姑娘，和她一起衰老，她有可能死在你后面。你不要以为这个容易。一男一女，两个正常人，能心平气和地长久相守，是人世间最大的奇迹。有时候你奇怪，为什么因为一件屁大的事儿，你姥姥想剁死你姥爷，那是因为那件小事儿激发了你姥姥在和你姥爷长久相守中积累的千年仇怨。

至于十万个为什么中其他的问题，你自己看书找解说吧。推荐《十日谈》、《再见，哥伦布》和《十八岁给我一个姑娘》。别看《金瓶梅》，太多世情。别看《肉蒲团》，姑娘的胴体没那么多药用，也没那么多毒害。别看《查泰莱夫人的情人》，世界观和妇女观都太病态。

记得多练习中文。中文是世界上最美的语言，是人类创造的最美丽的事物之一，这些，以后我慢慢告诉你。上次电话，你妈说你把外甥写成了处甥，你说你是我唯一的处甥，所以你妈很不高兴。

别的不说了。

冯唐

02 大年

90后兄弟们：

见信好。

2010年的春天短到几乎没有，槐树花儿开的时候，我回了趟北大，理由是入学二十年聚会。不是伤春，不是装蒜，第一次明确意识到，自己真老了，满街、满校园、满眼已经是你们90后了。

北大校园基本没变。西门外还是有小贩在卖木质座右铭牌牌：上善若水、静水深流、天道酬勤、寿比南山、为学日益等等。西门内保安依旧明强，问我什么身份以及有没有相关身份证明以及为什么偏偏用这个身份在这个时刻来到北大，眉眼约略史泰龙和鲍小强。塞克勒博物馆周围，还是一树树的花开：碧桃、紫薇、连翘、梨花、丁香、棣棠。燕南园还是冷清，我没时间走进去，远远看到一个全身坐像，穿了个风衣，不知道是不是王力，坐像的西面是二月兰和夕阳。勺园食堂摆了五十桌，还是宫保鸡丁、凉拌西红柿、水煮花生、不凉的大瓶啤酒。走在面前路上的小女生们还是拉拉似的手拉手，清汤挂面头，牛仔裤，瘦的好看，胖的也好看，乳猪无肥肉。小女生们还是在恋爱，在畅想未来，在无意识地说话："你说那个香港来的学生多大岁数？长得好像张国荣。估计花心，要不就是gay，要不可能有自杀倾向，反正不可靠。你说可靠吗？"

变的是我们。二十年不见之后的聚会是非常残忍的活动，五十桌周围五百多个熟悉的陌生的中年发福发呆发暗男女，啤酒和黄酒和长城干红之后，看完二十年前在石家庄陆军学院和信阳陆军学院军训一年的录像之后，仔细相互辨认，原本僵直的眼睛里渐渐闪出熟悉的光亮来。随便聊聊，发现这群人有挣了些钱退休的，有挣了些钱进监狱又跑出来的，有心脏放了四个支架的，也有极个别的栋梁，有很多律师，没得诺贝尔科学奖的。一个美国回来报效祖国的律师一直唠叨，祖国强大了，祖国真的强大了。然后他问我干什么呢，我说我写诗。他接着问，就是登在杂志上挣稿费啊，一行诗很多钱吧。我说，是啊。

是啊，看着校园里的大学生仿佛小学生，看着原来的大学同学仿佛地下几千米挖出来的过去，忽然明白，自己已经不是大学生很多年了，自己是真的老了。

我问一个要去美国退休生子的中国律师，要不要和俄文楼前的一树大大的海棠照相。他说，真不好意思和花照相了。他想了想，又说，还是照吧，以后就更不好意思了。

看着镜头里的海棠和我一笑脸褶子一笑脸牙齿的老同学，背景中的几个90后走过，几朵海棠花随风落下，我忽然悲哀，坠楼人尤似落花，在富士康跳下的，有90后的吧？

时代不同了，我们过去的日子比你们将要过的日子好像好很多。

第一，我们那时候，虽然比现在物质贫乏，但是平均，最多是别的男生比自己多一双牛逼的耐克鞋，没有iPhone，没有iPad，计算机是硕大的稀罕物件，需要在规定时间和规定地点去抚摸。物欲无从起，心随他人平。第二，我们那时候东西便宜。顾景舟一把提梁紫砂壶200元，1990年北京东直门第一批商品房开盘每平米2000元。2000年刚回国，咬牙狠心买了燕莎附近的房子，心里骂，奸商，北京的房子还能卖到接近一万！我老妈补了一句，奸商，生孩子没屁眼。第三，我们那时候机会多。多数50后和相当部分60后，因为那史无前例的日子，或者算不清楚数，或者说不清楚中英文，或者没念过商，或者没在国外待过，或者没在大型现代企业做过，基本写文章都是大字报，基本都没心气儿学习新东西。世无英雄，竖子成名，70后会穿个西装打个领带就当经理了，在中国银行某支行复印过几天文件就在简历上说深谙中国金融体系，就进了哈佛商学院了。第四，我们通常都有兄弟姐妹，他们能帮助我们分担父母释放出的负能量，两具肉身和四只眼睛不会探照灯似的饱含着所有的期望集中在一个孩子身上。

对于未来，我知道很多，比如中国经济之后二十年一定好，比如铁匠、木匠、泥瓦匠、医生、歌手、诗人等等手艺人的愉快劳作必然快速减少甚至消失，比如中国GDP一定能超越美国，占世界GDP百分之二十五以上的份额，再现乾隆盛世。但是我不知道，90后如何才能过得更好。忽然一夜风雨，欲望之门打开，千楼万楼，门前长出个CBD来。在无解中挑拣半解，我能想到的包括：在老路上血战90后同辈、血战80后，希望70后身心加速折旧早日退休，松下悟道看穿名利生死，移居到地广人稀的新西兰或者澳大利亚。

遥祝夏安。

冯唐

03 大路

在路上的兄弟姐妹们：

见信好。

我在三十岁前几乎没有离开北京城，在三十岁后几乎没在一个城市连续待过一周。在三十岁之后的近十年，飞了接近小两百万公里，去过近百个城市。如果按照宋朝的能耗标准，我完成了近两百个读书人一生中行万里路的理想，消耗了临安一个街区里所有人一百年消耗的能量。我老妈知道飞国航一百万定级里程之后，就能拿终身白金卡，每次见我，总问我，快到一百万了吗？我说，一百万又如何呢？我老妈说，牛逼啊，终身白金卡了呢。我说，你什么时候百年啊，你百年之后又如何呢？你百年之后牛在哪里？我老妈说，你咒我死啊，你妈。

从小被灌输，读万卷书、行万里路，似乎这之后，你就懂得了世间绝大部分的道理。飞了近两百万公里之后，我猛一想，于法，实在无所得。如果哪天飞机失事，或许腰间盘、椎间盘、颈5和颈6等处的增生烧不寂灭，鱼目一样，晶晶亮，号称舍利子。撇开心灵，肉体如何在路上，倒是有些心得，和各位分享。完全个人经验之谈，没有科学根据。

第一注意，水。在路上，少吃一些问题不大，但是一定要多喝水，多喝热水。人类的膀胱设计得比鸟类的大很多，但是也不是用来取代厕所的。别嫌麻烦，多上厕所，然后再多喝水。别嫌路上的厕所脏，上脏厕所比憋着的好处大很多。过机场安检之后买瓶水，别买越喝越渴的饮料。飞机平飞之后和餐饮服务之前，有十几分钟的空档，抓紧上厕所，省得餐车出来之后不方便，省得全飞机的人都吃喝完了之后排队等厕所。我老妈说我念了八年医，只会说：少着急，多喝水，多休息。有一次，她叫嚣有病去见我导师，我导师和她说的也是这九个字。

第二注意，火。在路上，火通常是以酒和辣的形式表现出来的。我原来一直纳闷，为什么中华民族这么一个温良恭俭让的民族会造出白酒这种这么不温良恭俭让的变态东西？后来渐渐明白了，就是因为人们内心的禽兽被温良恭俭让封堵得太长太狠，没有某种变态凶狠的东西扯脱，禽兽死活不出来，没气氛，不成事儿。变态凶狠的事物，往往有副作用。肝损伤，不可逆转。听上去像废话，但是能少喝就少喝点。至少做到，不是不得不喝的时候，不喝。别看到花生米和拍黄瓜，就觉得杯子里少了些什么，饭饱了，好像什么没足。其次，少吃辛辣。在路上，水煮鱼吃多了，王老吉保不住你第二天屁眼不炙热。肚子闹起来，找厕所的压力比喝多了水要大多了，这种情况，膀胱帮不上你。

第三注意，木。人如草木，在路上的时候，往往动摇了根本，比平时脆弱。注意防风。随身包里放个羊绒瓜皮帽，在飞机上睡觉时戴上。春夏两季，拉杆箱里带件纯棉的长袖，秋冬两季，带件纯羊绒的长袖，最好高领，最好连着帽子，上飞机穿上。热裤短裙还是在街上溜达时候穿吧。如果实在想在飞机上穿，上了飞机马上就要条毯子。通常飞机不会为每个乘客都准备一条毛毯的，先要先得。在路上容易兴奋，床和平时熟悉的不一样，容易睡不着。正经活儿干完之后，别开电视，别给所在城市的老暧昧、老相好去电话，热水泡个脚，做做肢体伸展运动，念念诗，念念经，困了就睡。

第四注意，土。走路看路，特别是拉着箱子的时候，一边走一边发短信或者打电话的时候，喝多了的时候，和机动车争道的时候。伤筋动骨一百天才能好，如果夏天卧床，还生褥疮。如果可能，吃当地土菜，喝当地酿的啤酒。忍忍，少碰当地土流氓，少碰当地姑娘。嫖娼违法，江湖险恶。如果实在想，还是用手吧，安心很多。如果厌倦了左手，换右手。

第五注意，金。把钱包放在公文包里比较深的位置，拉好拉链。钱丢了还好，信用卡和证件丢了麻烦。下飞机前看看座位周围，别落下电脑和重要文件，丢了这两样有时候比丢了信用卡和证件还糗。

遥祝路上安稳，神鬼不侵。

冯唐

04 大男

我唯一的外甥:

见信好。

几个月前，给你写了封信，谈欲望，谈作为最大欲望之一的女人，谈男人和女人应该如何相处。你妈说，写得还过得去，但是你现在还没上高中，还是个男孩儿，还在长身体、长心眼儿，在成为男人的过程中，几个月前的那封信，写得有些早，应该补写一封信，谈谈关于如何成为一个好男人。

我和你妈讨论，我不认为我有资格谈这个问题。一来，我运气太好，祖师爷赏饭，不容易效仿。你姥姥和你姥爷生我的时候，DNA配得手气超好，你姥姥骂街骂天地人兽从来爽利，但是没有章法，你姥姥承认我从小骂得就有逻辑，有词有句也有篇章，她说她骂像丢沙子，我骂像串链子。你姥爷生来就不留恋现世，十三岁开始吃喝嫖赌抽，每天如同最后一天，但是没感受过颠倒梦想患得患失的苦，这些苦我都感受过，还是不留恋现世。二来，我心中一直有个大毛怪，杀了三十年没杀死，没准哪天蹦出来，没准变成一个完全不符合你妈好男人标准的怪物。没准，四十岁之前，我写的关于唐朝和尚的纯黄书发表，让我丢了工作，被和尚打残；我写的关于爱情的诗集发表，让我丢了老婆，于是破罐子破摔，酗酒、用药、妖言惑众，昼寝、鬼混、研究两三门非常冷僻的学问。其实啊，如果不是小时候暗中答应你姥姥，给她住上有很多厕所的房子，我可能早就把自己当破罐子摔了，想着都让人神往。你妈说，那你就集中写写你四十岁之前吧，教育教育你外甥。

好吧，下面挂一漏万，是我对成就世俗好男人的高度总结归纳。

作为一个好男人，在现实生活中，一生中要处理好七件事：Wealth（金钱）,Women（女人）,Wine（酒肉），Work（工作），Watch（珍玩），Workout（身体），Wisdom（智慧）。

钱是要有一点的，但是不要太多，能自给自足、经济独立就好。太多的话，活着的时候是负担，你周围会出现一些虚假的好人和真实的敌人。死的时候有很多钱，是件非常二逼的事，无论上天堂还是下地狱，都是会被笑话的第一件事儿，进门的时候就被认定出身不好，下辈子一辈子难翻身。有多少钱合适？够用就好。意淫可以丰富，生活要简单。生活简单，够用的要求就不高，你就不用为钱而钱。

女人（或者男人，如果你喜欢男人多于女人）最好找和你小宇宙以及生活习惯类似的。否则，你看个毛片、玩个网游、去阿姆斯特丹逛个咖啡馆，她就认为你是怪胎。否则，你嗜辣，她怕辣；你怕冷，她怕热；你喜宅，她喜逛，日子不好过。爱情和婚姻基本上是两件不相干的事儿，尽管非常容易搞混。但是二者之间有个重要联系，如果你和那个女人最初有爱情，哪怕之后爱情消失得一干二净，留下的遗迹也是婚姻稳固的最好基石。

酒肉要和朋友吃喝，独自酒肉非常悲催。朋友不在多，在久。“相见亦无事，别后常忆君”，如果你到了我这个年纪，有两三个男人能让你无由想念，两三个月一定要坐下来分饮两三瓶好酒，福德甚多。又，大酒必伤，两害择其轻，宁可伤胃，不要伤肝。大酒过后，去吐。

工作最好做你喜欢做的和擅长做的，哪怕你喜欢做的和擅长做的是码字、洗菜或者锄草。工作时最好周围有一小群你喜欢的也喜欢你的人，现世里，工作往往占据你大部分有效时间，如果周围的人无趣，生命容易无趣。又，不能小看工作，工作能让你的生活更平衡，即使你女人和朋友拐了你的金钱跑了，如果还有工作，你不怕。

玩物不会丧志，但是要保持玩儿的心态，不要太当个事儿，每个大型拍卖会都非要去。玩儿的时候，花合理的价钱买自己真喜欢的好东西，别贪便宜，别跟着各种所谓大师和专家的意见走。

身体是老天白给你的，但是不是白给你糟践的。你用身体用得太狠了，身体会给你找麻烦。其实，身体好也不难，起居有度，饮食有节，不着急，多喝水，性交愉悦，时常做做操，打打太极拳。

智慧比你长相重要，比你身体健美重要，比你鸡鸡大小重要。智慧这件事儿，急，不得。独立思考，时常忘记标准答案，读读历史，多走些地方，多听你姥姥骂街、天、地、人、兽，有帮助。

做好男人或者绅士，扩展阅读推荐三种。第一，《金瓶梅词话》，讲述金钱、瓶装酒和梅花一样美丽而强悍的女人们。比较易得的好版本是人民文学社1957年12月第一版出的明绣像版影印版。第二，《绅士的准则》（Mr. Jones' Rules），英国*GQ*主编编写的实用手册，如何要求加薪、刮胡子、倒时差、看艳舞等等都有，非常形而下、具体、实用。第三，英国十九世纪和二十世纪初期的长篇小说，特别是毛姆和史蒂文森的，珠玉文字，绅士情怀。

Boys，be ambitious！（小伙子们，要有雄心壮志！）二是这个世界进步的动力，我们二过了，是你们二的时候了。

冯唐

05 大行

小师弟们：

可惜了，这次行程变动，不能见面，把想说的话写给你们看。

“人之患在好为人师”，我也特烦教导别人。一来是认为每个人的情况不一样，很难一概论之。那些号称他的成功可以复制的，不是为了骗你钱买书的，就是教你抄袭造假骗人的。二来我光讲、你光听，基本没用。我好好讲《易筋经》，你好好听，你还是不会少林武功。所以，你们想听我讲，刚入职场应该注意什么，让我为难了，想来想去，还是说说好习惯。在江湖上混，养成好习惯第一，其他就在你们各自的特质和造化了。

第一个习惯是及时。收到的邮件，二十四小时内一定回复，中移动和中联通的网络覆盖不好不是借口。约好了会议，要及时赶到，北京交通拥堵、闹钟没响、你妈忘了叫你起床不是借口。

第二个习惯是近俗。尽管信息爆炸，要学会不走马观花。长期阅读两种以上财经期刊，知道最近什么是大奸大滑大痴大傻。长期阅读两种以上专业期刊，知道最近什么是最新最潮最酷最屌。

第三个习惯是学习。一年至少要念四本严肃书籍。严肃书籍的定义是，不是通常在机场能买到的，不是近五年出的，不是你看了能不犯困的。

第四个习惯是动笔。在现世，能想明白、写清楚的年轻人越来越少，眼高手低的年轻人越来越多。一年至少写四篇文章，每篇至少两千字。写作的过程，也是沉静、思考和凝练的过程，仿佛躲开人群，屏息敛气，抬头看到明月当头。

第五个习惯是强身。每天至少慢运动半小时，比如肢体伸展、瑜伽、站桩、静坐。每周争取专门锻炼一次，每次两个小时以上，有氧兼无氧。保持身体健康、不经常请病假，也是职业管理者的基本素养。

第六个习惯是爱好。争取培养一个你能长期享受的爱好，不见得很复杂，比如发呆、倒立，甚至不见得你能做得比其他人好很多，比如自拍、养花。工作有时候会很烦，要学会扯脱。很多争吵，如果争吵双方都闭嘴，回房间发呆、自拍、闭眼、睡觉，第二天基本会发现，完全没有争吵的必要。这些不知如何是好的时候，扯脱，侍弄自己的爱好，远远好过硬做。

第七个习惯是常备。除了睡觉的时候，手机要开机，要让你的同事能找到你。如果和上级出差，你的手机几乎要时刻攥在手上。手机没电了不是借口，即使你用的是iPhone，也可以配个外挂电池。

第八个习惯是执行。万事开头难，所以见到事儿就叉手立办，马上开头。不开头，对于这件事儿的思绪要占据你的内存很多、很久。见了就做，做了就放下了，了无不了。

第九个习惯是服从。接到一项似乎很不合理的工作，忌马上拒绝或报怨。第一，和上级充分沟通，从他的角度理解任务。有时候，你心中对此项工作的要求远远高于上级要求。第二，降低对自己的要求，有自信，不必做每件事都得一百分。第三，上述二条还不能解决心头不快，放下自己，服从。

第十个习惯是收放。阳光之下，快跑者未必先达，力战者未必能胜。同学们啊，从学校毕业之后，不再是每件事都是一门考试，不再是每门考试你都要拿满分和拿第一。收放是一种在学校里没人教你的技巧，练习的第一步是有自信，不必事事胜人。

当然，如果你们说，这些习惯太俗，想仰天大笑出门去，这些世俗习惯完全可以不理。内心之外，我祝福你们找到不世俗的山林、不用装修的岩洞、不搞政府关系的和尚和不爱财的姑娘。

冯唐

06 大雄

梁思成兄：

见信如面。

我最近常住香港。从你活着的时候到二十世纪七十年代末，大陆和外界的联系只能通过这个小岛。钱把小岛挤得全是房子和人，也挤出来中国其他地方没有的单位城市面积上的丰富。

从香港荷里活道往北边的山下走，有个年轻人开的小店，不到十平方米，卖二十世纪二三十年代到七八十年代的日用旧货，120相机、拨盘电话、唱片机、收音机，从欧美的二线城市淘换来，集中在香港卖。因为不是荷里活道常卖的那些艺术品古董，所以也没有荷里活道那些成堆的和艺术无关的假货，开店的几个年轻人长得又鲜活生动，小伙子长得像有梦想的真的小伙子，小姑娘长得像有生命的真的小姑娘，所以不管有用没用，我常常买些零碎回去。

前两周买了一个二十世纪七十年代通用电气出的调频调幅收音机带回北京，两块砖头大小，附带的电子表不准了，一天慢一个小时，而且电压需要转化到美国标准的一百一十伏才能用，但是喇叭好，一个碗大的喇叭，FM调准了，满屋子的声音，听得人心里碗大的疤。2009年北京很热，夏老虎，秋母老虎，立秋之后，日头还是击毙很多比你还年轻很多的老头儿和老太太。开空调也难受。空调房间睡一晚上，醒来，全身的毛孔紧缩，受了腐刑似的。唯一舒服一点是在傍晚，在院子里，日头下了，月亮上了，热气有些退了，蚊子还没完全兴奋，周身一围凉风，插上那个通用电气的老收音机，喇叭里传出老歌："霹雳一声震哪乾坤哪！（女生背景跟唱：震哪乾坤哪！）打倒土豪和劣绅哪！"

你们那拨儿人在北京出没的时候，很多历史久远的东西就这样被打倒了，包括绅士。

这三十年来，有些被打倒的很快恢复了，比你那时候还繁茂，比如二百五十块一平米买地卖两万一平米商品房的土豪。1990年以后，商业理念强调协同效应和资本运作，为了创造规模效应，这一类被打倒的，再次翻身的时候，都是扯地连天的。

还有些被打倒的慢慢恢复了，但是基本被炒得只剩钱味了。有些猪开始重新在山里放养了，但是它们长大之后，眼神稍稍有点像野猪的，二百克猪肉就敢卖五百块钱。有些茶开始走俏了，你那时候生产的普洱茶七子饼随便能卖到好几万了。顾景舟一把泥壶，如果传承清楚，也随便卖到二三十万了。有些人开始收集古董，八国联军抢走的东西慢慢坐飞机回来了，再抢一次中国人的钱，一把唐朝古琴的价格，在唐朝的时候，够买一个县城了。

还有些被打倒的，脚筋断绝，基本就再也没苏醒过来。比如你当时想留下来的北京城墙和牌楼。现在的北京是个伟大的混搭，东城像民国，西城像苏联，宣武像朝鲜，崇文像香港新界，朝阳像火星暗面。比如中文。现在的中文作家大多擅长美容、驾车、唱歌、表演、公众演说、纵横辩论，和娱乐的暧昧关系远远大于和文字的亲密关系。十年一代人。懂得《史记》、《世说新语》、唐诗、《五灯会元》妙处的，一代人里面不会超过十个，有能力创造出类似文字的，十代人里不会超过两三个。比如大师。余秋雨、张艺谋都被官府和群众认可，是大师了。比如名士。花上千万买辆意大利的跑车在北京开开，花几千万买张中国当代艺术家的杀猪画摆摆，就被媒体和群众认可，是名士了。比如才女。如果现在街面上这些才女叫才女，那么李清照、张爱玲，或者你老婆转世，你我需要为她们再造一个汉语名词。

同样的道理也适用于绅士。

首先，没有“士”。近二十年出现一个互联网，天下所有的事情它都知道。互联网有搜索引擎，键入一个词，当今人们与之最熟悉的条目就最先蹦出来。键入“士”，最先蹦出来的是迪士尼乐园、摩根士丹利、多乐士油漆。“士不可以不弘毅，任重而道远”这样的话，在三千条、两万里之外。大器，不争近期名利，坚毅，不怕一时得失，有使命，堪远任，用这样的标准衡量，一个千万人口的大城，有几个“士”呢？你那时候，你愿意拿一条腿换一座北京城门的保存。现在，地产大鳄愿意为了亮丽的年度财务报表，把前门改造成斯坦福购物街。

其次，缺少“绅”。绅士需要有一定经济基础，但是“绅”和钱不完全相关。“绅”包含柔软、退让、谦和、担当。明朝是个对于才情品质缺少足够敬畏的朝代，特别是在后期。明朝后期的王婆总结极品男人的标准，五个字：潘、驴、邓、小、闲。貌如潘安，屌壮如驴，富比邓通，伏低做小，有闲陪你。其中的“小”，从某种意义上，接近绅士的“绅”。合在一起，绅士就是一个强大的精神的小宇宙，外面罩着一个人事练达、淡定通透的世俗的外壳。

这是一个我公安干警按财富榜抓坏人的时代，这是一个我国有企业建厂三十年就敢出六十年陈酿二锅头的时代，让我从明城墙遗址公园畅想你那时北京城墙的美好，让我从刘德华和曾梵志畅想中国新绅士的滥觞吧。

我们有的是希望。遥祝老兄秋安。

冯唐

07 大钱

小陶朱公子：

人从小到大，有几个基本问题，躲也躲不过，比如：情是何物？性是何物？一生应该如何度过？人从哪里来？时间之外是什么？为什么伦理道德长成这副模样？

因为你是财神的儿子，嘴巴里塞满银行卡出生，因为你生下来就有的钱不是通常意义上想吃点什么就吃点什么、想干点什么就干点什么的钱，而是能想让很多人吃什么他们就吃什么、想让他们干什么他们就干什么的钱，所以和其他普通人相比，你很早还遇上另一个问题，躲也躲不过：钱是什么东西？

我想你一定问过你的财神爸爸，他一定有他的说法，我现在也和你唠叨唠叨，方便你比较。你应该知道，所有这些躲也躲不开的问题，都没有标准答案。将来你如果遇见那些坚持只有一种标准答案的，绝大多数是傻子，极少数是大奸大滑，把你的脑子当内裤洗，把你变成傻子。总之，对于这些问题，你能多理解一种新的说法，你的小宇宙就更强悍一些。

从一方面讲，钱不是什么东西，你有钱没什么了不起。

很多了不起和钱一点关系都没有。

比如曾经有一个诗人，有天晚上起来撒尿，见月伤心，写了二十个字："床前明月光，疑是地上霜。举头望明月，低头思故乡。"两千年之后，亿万小学生们起夜小便，看到月亮，都想起这二十个字。这，很了不起，但是和钱没有任何关系。

比如曾经有一个小说家，严重抑郁，平常待在人烟稀少的纽约远郊区。实在吃腻了自己做的饭菜，实在厌倦了自摸用的左手和右手，就一路搭车到纽约，在电话黄页里找到当红女影星的电话，打过去，说，我是写《麦田守望者》的塞林格，我想睡你。然后，他就睡了那个女影星。这，很了不起，但是和钱没有任何关系。

比如曾经有一个画家，年轻的时候血战古人，把所有值得模仿的古代名家都模仿了一个遍，自信造出的假画能骗过五百年内所有行家。后来他到了日本，看到日本号称收藏石涛的第一人，指着此人最珍爱的一套石涛山水册，说是他二十年前的练习。收藏家坚决不信，这个画家说，你找装裱师揭开第四页的右下角，背面有我张大千的私印。这，很了不起，但是和钱没有任何关系。

比如曾经有一个生意人，在手机被诺基亚、摩托罗拉、爱立信等巨型企业半垄断生产了近二十年之后，领导一个从来没有做过手机的电脑企业做出了iPhone。“为什么我会想起来做手机？看看你们手中的手机，我们怎么能容忍自己使用如此糟糕的产品？”这，很了不起，但是和钱没有直接关系。

比如我见过一个陌生人在雨天，在北京，开车。一个行人过马路，匆忙中手里一包桃子掉在马路当中，散落在这个人的车前。这个人按了紧急蹦灯，跳下车，帮行人尽快捡起桃子。这，很了不起，但是和钱没有任何关系。

更简洁的论证是，即使有钱很了不起，但是你有钱也没有什么了不起，因为你的钱不是你挣的。

从另一方面讲，钱是好东西，钱是一种力量，使用好了，你可以变得了不起。

比如培育冷僻的声音。在世界各地挑选一百个民风非主流、生活丰富的地方，每个地方租个房子，提供三餐、网络和一张床。每年找十个诗人、十个写小说的、十个画画的、十个搞照片的、十个设计房子的、十个作曲的、十个唱歌的、十个跳舞的、十个和尚、十个思考时间空间道德律的。不找太畅销的，不找成名太久的，不找有社会主流职务的。这一百个人在这一百个房子里生活一年，没有任何产量的要求，可以思考、创造、读书、自摸、吃喝嫖赌、做任何当地法律不禁止的事儿，也可以什么都不做。

比如延续美好的手艺。在世界最古老的十个大城市，选当地最有传统美丽的位置，开一家小酒店，十张桌子，十间客房。不计成本和时间，找最好的当地厨师，用最好的当地原料，上最好的当地酒，恢复当地历史上曾经有过的最美好的味道、最难忘的醉。盖标准最严格的当地建筑、用最好的当地家具、配最好的当地织物，恢复当地历史上曾经有过的最美好的夜晚、最难忘的梦。如果在北京开，家具要比万历，香炉要比宣德，瓷器要比雍正，丝织要比乾隆。

比如促进渺茫的科学。对于病毒的理解还是如此原始，普通的感冒还是可以一片一片杀死群聚的人类。植物神经、激素和大脑皮层到底如何相互作用？鸦片和枪和玫瑰和性高潮到底如何相通？千万年积累的石油和煤和铀用完了之后，靠什么生火做饭？中医里无数骗子，无数人谩骂中医，但是中国人为什么能如此旺盛地繁衍存活？需要用西方科学的大样本随机双盲实验，先看看中医到底有没有用，再看看到底怎么有了用。

比如推动遥远的民主。在最穷最偏远的两百个县城中，给一所最好的中学盖个新图书馆，建个免费网吧。在图书馆和网吧的立面上贴上你的名字，再过几年，你就和肯德基大叔一样出名了。召集顶尖的一百个学者花二十年重修《资治通鉴》，向前延伸到夏商，向后拓展到公元2000年。再过几百年，你就和吕不韦、刘义庆、司马光一样不朽了。

感觉到了吧，再多的钱也可以不够用，花钱也可以很愉快。

余不一一，自己琢磨。

冯唐

08 大偶

晚生牛马走冯唐再拜言司马迁足下：

偶像，你好。

我今年年中换了一个工作，发现换工作和搬家或离婚一样麻烦。因为麻烦，所以常常在动手之前思考各种为什么，权衡值不值得惹这摊麻烦。今年年中这次思考的主要副产品之一就是再一次确定，你是我偶像。因为年近不惑，在阳痿之前，在绝经之前，在见棺材之前，再换工作再搬家再折腾世俗婚姻的机会都不大，所以你很可能会是我一生的偶像。

找个偶像的意义重大，比找个初恋和找个墓地都更重要。

我妈说我的出生是家庭的意外，是国家的计划生育之外，所以基本属于野合、疯长，从小没人指点。在长大过程中，我慢慢发现，对于个人的成长和欢喜，找个合适的偶像是一条被历史反复证明了的捷径。或许另一条更快更稳妥的捷径是找个适合的宗教，但是我们这代人从小就被挑断了宗教的脚筋，长大之后再也不能充分体会这种崇高。整个星空不可得，路上有偶像，仿佛一颗星星似的，也好。

我们小时候也被反复教育要追随榜样，但是对于小孩儿，这些榜样往往太久远、太具体，适用性不强。比如黄继光和邱少云。他们都是战争年代的英雄，我们都很敬仰，但是我们的生活里，周围方圆二十里，过去二十年，半个反革命都没抓到过了。为了说明黄继光和邱少云的精神为什么还适用，当时的班主任把嘴唇都说成兔唇了，我们还是将信将疑。进一步细细想想，学黄继光还容易些，不就是堵枪眼吗？一咬牙一跺脚，上！但是学邱少云难了，活人文火炭烧，想都不敢细想。后来学医，手术台上，皮肤切开之后，血从切面的各个血管破损处流出来，主刀医生一边用电钳止血，一边讲昨天吃的韩国烧烤，我当时就吐了。

我也尝试过在现实生活中寻找偶像。邻居的一个姐姐，眼睛挺大，头发很滑，曾经语文和数学考了两个满分。我妈说，你瞧瞧人家，好好学学。我当时觉得，我仿佛一条狼狗，我妈说，去，学学谁，我就扑上去。后来，这个姐姐很快得了厌食症和失眠症，每天想着再考双百，却再也没考到过。我哥比我大九岁，当时一个日本电影《追捕》非常流行，我哥有像极了高仓健的忧郁眼神儿和黑风衣，他们学校长得有点像日本人的女生都利用课间操、运动会、春游等等机会扑他。我曾经和我妈讨论，把他当偶像。我妈说，你想当流氓啊？我爸一直是我艳羡的对象，他从来都活在当下，从来都不想明天的事儿，炖肉的时候炖肉，喝茶的时候喝茶，看毛片的时候看毛片，睡觉的时候睡觉。但是，我很快发现，我爸是天生的奇葩，禀赋差的很难在后天模仿。而且，因为他没有被困扰过，没有经历艰苦的心路历程就开出花来，所以没有渡人的能力，只会自己灿灿地开放着。

因为没有更好的办法，没有亲尝的机缘，我开始胡乱在书里找，武侠小说和《武学七书》一起读，“文革”简史和《文心雕龙》一起读。很快喜欢上了三个人：李渔、曾国藩、你。

李渔是个闲不下来的闲散人，他放弃通俗意义上的名利，他的一生是吃喝嫖赌抽的一生，是把吃喝嫖赌抽的温润精细做到极致的一生。他和我一样，喜欢浅显的文字、白皮肤的女人、雅素的房子。

曾国藩是个勤谨蛮狠的耕读人，他追求通俗意义上的名利，他的一生是克己复礼的一生，是向自己一切小鸡鸡引刀自宫的一生。他读书、明理、做事，不要钱，不怕死，五十岁前就实现了立德、立功、立言三不朽。

你是个天生的写字的人，你追求对人世超越时间和空间的理解，你的一生是做一件大事的一生，是不惜失去一切鸡鸡也要做成这件大事的一生。你游学、探问、书写，在乌江边上，听亲历的老人回忆虞姬头发的味道、乌骓马的腰肌，你经历、你理解、你表达。

综合你们三个人的共同特征，偶像的标准基本成型。

第一，因材。不能拧巴。是关公就要大刀，是孔明就论天下。第二，尽力。哪怕一生要理解的是草履虫的纤毛前端的一个蛋白的一个基因，也要争取做到前无古人、后无来者，当提刀而立，为之四顾，为之踌躇满志。即使做不到这种牛逼，至少要做到用尽自己的力气。第三，笃定。操南墙他妈，操棺材他妈，操命运他妈，不着急，不害怕，不要脸，做到底。被骂反道德，又怎样？因为要遵从道德而做出来的傻逼事儿还少吗？被切了鸡巴，又怎样？睡一觉再长出十七八个来。被放逐，又怎样？“李白当年流夜郎，中原不复汉文章”，损失的不是我。

一切都是游戏：八万年前，原始人取火、狩猎、采集、做贝壳项链。八百年前，蒙古人打猎、攻城、掠地。今天，我们进财富五百强、做对冲基金、搭便车周游地球、订制一个岛屿、爬遍地球所有的G点（南极、北极、珠峰），把大理、拉萨和香格里拉活成一种新的宗教。见过一则游戏机的广告，记得深刻：Life is short, play more！生命短促，耍，往爽里耍！

书不能悉意，略陈固陋。

冯唐再拜

09 大包

我的公文包：

你好啊。

忽然意识到，陪我时间最久的是你。虽然Tumi的包号称一生不朽，但是你的提手也已经被我拎出包浆，我的右手指掌也被你磨出三个老茧。日久生情，百感交集，所以想写封信给你，检讨一下你我如何彼此消磨。

首先承认，你很丰富，有很多隔层和口袋。你这一款，当时的广告语就是：每件东西都有一个安放的空间。仿佛每件东西安顿停当之后，人的控制欲得到满足，就能气定神闲，天上人间。

你的前部靠左两个口袋。下面的口袋小些，装个第一代的苹果手机，插中国移动的SIM卡。我有几个小妄想，其中一个妄想就是不再用手机，有机缘就碰上某个人，没有机缘就错过。有一阵，打电话会的时间太长，手机贴左脸皮的时间太长，早上洗脸，左边的脸皮看着仿佛比右边的黑一点、厚一点。有一次，电话会打了三个小时，其中我上了一次厕所，喝了一瓶水，电池打干了，一阵恍惚，鼻子仿佛闻到左边脸飘来烤人肉的味道。上面的口袋大，装个黑莓Bold，插香港3的SIM卡。黑莓的广告说得狡猾：So you have more time for life（于是你有更多的时间享受真正的生活）。十几年前，有人说发明了电脑，打印的需求就会大大减少，有人说发明了洗衣机，主妇洗衣服的时间就会大大减少。这些说法，同样缺心眼儿。

你的前部右边两个口袋。下面的口袋小些，里面装着钥匙包。社会进步了，路不拾遗、夜不闭户却越来越遥远了。钥匙包里，香港住处的小区卡、门钥匙，香港办公室的门卡、门钥匙、抽屉钥匙；深圳住处的小区卡、门钥匙，深圳办公室的门卡、门钥匙、抽屉钥匙；北京住处的小区卡、门钥匙，北京办公室的门卡、门钥匙、抽屉钥匙。上面的口袋大些，里面装着钱包。钱没变多，钱包却越来越厚，建行人民币卡、招商人民币信用卡，汇丰港币卡、汇丰信用卡，美国运通卡。我那几个小妄想中的另一个，就是不再用钱包，上街给人吟首诗或者算个命就能换顿饭吃。每当这些卡的账单寄来，满纸密密麻麻的垃圾信息，就开始感叹人生太事儿妈，生命无聊啊。这个口袋里装着旅行证件和国航、国泰的常旅客卡，旅行证件已经用干五本，仿佛人生这条香烟已经抽光半条。在不到十年的时间里，国航已经快飞到一百万公里了。国航规定，活人飞过一百万公里就是终身白金卡，估计他们定这条的时候，认定没有多少人能活着实现，估计他们没有想到，大国崛起，变态的人比想象中的多得多。这个口袋里还有一副墨镜，和溥仪类似的金丝墨镜，水晶镜片，晚清古董，戴上眼睛清凉。我那几个小妄想中的另一个，就是名满天下，如果不戴墨镜，上街就会被人认出。后来发现，这个妄想和其他一些妄想一样，粗听、初听非常诱惑，稍稍细想，毫无道理，基本不靠谱。

你的中间是个开放的夹层，里面通常放一本书、一份报纸。书基本是语录体的，《论语》、《世说新语》、《曾文正公嘉言录》、《非常道》或者《五灯会元》，在路上，有几分钟就看几眼，接收古代明眼人几条短信。报纸基本都是飞机场休息室免费的，市场喂什么，我就嚼什么。

开放的夹层后面，是个相对大的空间，路上生活的杂物都在这儿了。电脑的电源拿出来单放，电源包里放了杂物：Kiehl’s唇膏，白天说得嘴唇开裂就擦擦。U盘，建行U-Key，汇丰行网银安全装置，曼秀雷敦滴眼液，眼睛实在干了就滴滴。阿胶桃花姬，巧克力条，没处吃饭，肚子实在饿了就啃啃。一两小袋铁观音，一两小袋大红袍，一个紫砂矮石瓢壶，每天清醒就靠它了。一两小袋三九葛花中药配方颗粒，两克一袋，相当于饮片十克，喝太大之后，实在难受，喝它，能让头少痛些。一个理光GRD相机，定焦光圈2.8，还能当录音笔用。一个中移动TD-CDMA数据卡，一个联通WCDMA数据卡，一个沃达丰WCDMA数据卡，走到很多地方，都有互联网。一条羊绒围巾，飞机上绑在脖子上，护住两侧风池穴，少得感冒。一条奇楠念珠，一百零八颗，觉得自己面目狰狞、心肺折腾，就拿出来，数数珠子，闻闻香。

你的后层是电脑层，放了一台ThinkPad X301，每天摸它的时间，比摸其他人或者事物都多，所以选电脑的第一要求是键盘质地好，有弹性，耐磨。也放了一个纸质的笔记本，两支笔，脑子里的念头太多，记不下来就没了，记下来就一直在了。

你的最后面也是一个开放的夹层。里面放了两三块湿纸巾，握手太多之后，擦擦。还有两个呕吐袋，喝大了，能吐是好事，酒醒得快，不伤肝。周围有些同志呕吐的水平很高，可以分开湿的和干的，可以把湿的酒吐出来，把干的美食留下来。我不行。有一次吐猛了，左颌骨小关节都扭了，一个星期都张不开嘴。这两个呕吐袋，有一次全部都用上了。那次喝大，我让司机靠边停车，没推开车门之前，就吐满了一袋，推开车门之后，又吐满了另一袋，然后左手拎着一袋，右手拎着一袋，仿佛拎着吃剩的便当，笑着，摇晃着走向路边的垃圾桶。

余不一一。

冯唐再拜

10 大佬

杜月笙、黄金荣、张啸林三先生：

见信如晤。

近春多梦。昨夜梦见一个好像无风无雨的早春午后，一个有两棵海棠的院子，一个早清铜香炉，点一炷沉香，香篆缥缈，缓缓上升。

佛说，香飘的每一刹那都是确定的，但是每下一个刹那都是不确定的。一期一会，冥冥中自有定数。一切是浮云。

游侠不说话。游侠揣在袖子里的左手食指和无名指暗暗发力，烟柱在瞬间扭转方向，拍向海棠树，树干动摇，落英缤纷。游侠伸出袖子的右手还稳定地握着茶杯，茶微微有些凉了。

写字的人说，写了一首诗，《沉香》，送给你：沉你在心底，偶尔香起你。

黑帮大佬说，最近好像人类基因改变了，不抽鸦片了，改闻沉香了，也上瘾，也被政府禁了。你开这个地下私家香院，位置非常好，口碑也好。我注意一阵了，我知道其他人也注意很久了。这样，我给你提供上好的沉香，保证货真，保证价钱比你现在进货便宜一成，我帮你处理其他利益相关方，你完全不用操心，你的收益我收一成，如何？你如果不干，我剁掉我左手小指头，你如果还不干，我剁掉你左手。你现在答应了，如果到时候你的收益我收不到，我也剁掉你左手。你如果去找帮手，我先剁掉你帮手的左手，再剁掉你鸡鸡的后半截。

黑帮大佬不是佛。佛不管具体事儿，越有事儿、事儿越急，佛越不管你。黑帮老大管事儿，越具体、越急、越风险，回报就越高，就越好。

尽管经常有交集甚至转换，狭义的黑帮大佬不是狭义的党魁（在经典黑帮电影《美国往事》里，黑帮大佬和党魁也分得很开。那个工会党魁也是先反复被黑帮打，得势之后再利用黑帮，让黑帮背同样颜色的锅）。与党魁相比，黑帮大佬更有才情，更真实，更善良，更不找借口地杀人如麻，更张扬地热爱妇女，所以通常走得不长远。黑帮的构成更同质化，价值体系过分简单粗暴，激励体系过分偏向于物质。黑帮如果在扩大到几万人之后，明确远景目标和战略构想，锻炼好核心团队，构建好管理流程，黑帮大佬开始经常不说真话和人话了，不碰女明星了，黑帮就开始有政党的模样了。

尽管边界越来越模糊，狭义的黑帮大佬不是狭义的企业家。黑帮老大基本都轻资产运营，投资回报率高，息税摊销前利润率不到百分之六十基本不好意思说。黑帮的行业组合基本类似，传统的如黄、毒、赌，近代的石油、煤炭、码头、烟草、酒水、杀猪、娱乐、城巴、军火、高利贷，新兴的如金融洗钱、生物科技。

少年读书，读过司马迁的《游侠列传》、马里奥·普佐的《教父》、古龙的《枪手·手枪》，见过三五成群的小流氓在中学校门骚扰学校里最水润云灵的女生，他们的纹身像敦煌壁画一样煽情。少年顽劣，搜看毛片，看过《美国往事》（尽管是个纯正的黑帮片，其少量色情内容的自然、简单、坦诚处理在我心目中的地位崇高，比如偷拍警察日逼，比如兄弟抓阄决定轮奸顺序，比如为贪吃蛋糕宁可省出一炮）。打PSP游戏，打过《GTA罪恶城市》和《伦敦黑帮》。快到不惑的年纪，立下志向，要做个写字的人，要从自己的角度写历史，写时间轴上提示的真实。

如果老天赏寿，对于每个有趣的时代，写个十万字的小长篇。从弘忍的角度写初唐，从一个巫医的角度写晚商，从李鸿章的角度写清末。对于民国，那是一个喧嚣而丰富的时代，如果写，我会从你们三个黑帮大佬当中选一个写，而不会从蒋宋孔陈中选一个写。

遥祝天上安翔，地下安睡。

冯唐

11 大写

文艺男女青年同志们：

见信如晤。

2009年秋天，最令人高兴的一件事是一个叫苗炜的文艺男中年出版了他第一本小说集。最令人高兴的不是这本小说集的文学成就，而是在如此积极向上的时代里，如此兵荒马乱的心田中，如此俗务繁忙的一个人，还能一个字一个字写完一本注定不会挣大钱的小说。

2002年夏天，我在北京。我不认识苗炜，我读一个叫布丁写的《有想法，没办法》。我发现，这个叫布丁的人也注意到，提到妇女，古龙不用“身体”，而是用“胴体”。我当时还特地查了《现代汉语词典》，上面清楚写着：胴体即身体。我当时还是执著地认为，无论怎么说，胴体还是比身体淫荡一千倍，胴体是个文学词汇，身体是个科学词汇。我还发现，这个叫布丁的人也爱看犯罪电影，也注意到罗伯特·德尼罗，也推崇《美国往事》。《美国往事》是我心目中经典中的经典，比《教父》要简洁美好很多。我当时想象的未来世界好像永远就是这样：一个倾国倾城的姑娘，一个满是现金的银行，几个从小一起混的兄弟，一个充满欲望、背叛和忏悔的复杂关系，那个倾城倾国的姑娘在把这几个兄弟睡遍之前绝对不能老去。总之，我们都相信在无聊中取乐，低俗一些，比较接近生命的本质。读完，我真是遗憾，没有很早之前认识这个叫布丁的人，否则中学就可以一起出黑板报，大学就可以一起出校刊了。

后来我知道布丁的本名叫苗炜。苗炜在《三联生活周刊》当头目，帅，闷，能写，尤其能写应用文和说明文，屁股嘬板凳，闷声闷气每天能写上千字，多年不辍。

2008年夏天，我在一个饭局上遇见苗炜。我问："忙什么呢？"在北京，不在饭局上遇见，一般问，吃了吗？在饭局上遇见，一般问，忙什么呢？一般的回答是，瞎忙。忙工作，忙项目，忙单位的斗争，忙离婚，忙生孩子，忙丈母娘的心脏病，忙念佛，忙中年危机，忙抑郁。

"写小说呢。"苗炜说。

“长篇？”

“短篇。”

“好啊，多写，大好事。”

“一定多写，我还《人民文学》发表呢。”

在当代，在我的祖国，听到这种答案的频率和我接到来自火星的邮件或者我死去姥姥的电话类似。记得在我的中学年代，文学还是显学，我语文老师已经明确指出，写东西这件事儿，如果不是为了名利或者勾引姑娘，还是能忘就忘了吧。即使为了名利或者勾引姑娘，世上还有大把更简捷有效的方法。而在当代，在我的祖国，如果我语文老师还去中学教课，她会发现，已经没有任何告诫同学们的必要了。

2009年夏天，我在网上。苗炜用MSN告诉我，他终于要当作家了，英文直接翻译就是写字的人。不再是苗老师、苗主编、苗师傅、苗主笔、苗闷骚、苗帅哥，而是姓苗的写字的人。

“十月份，我要出本小说集，能不能给写个序？”

我第一反应是：“怎么不找个大师写？”

“谁是大师？老王朔？”

我听见遥远处的苗炜在心里偷笑，我心里也笑了笑，说，好吧，我写。

老天也算公平，给任何迷恋文字的人同样一个上天摘月亮的机会，同样一个摘不到摔下来的结局。迷恋文字的人同样把天赋、激素和野心拧巴成动力，同样号称怀着摘月的理想，不同的是有些人瞄准的是金矿山，有些人瞄准的是大奶，有些人瞄准的真的是瞄不准的月亮，不同的是有些人动力足些、蹦得高些、摔得好看些，有些人只够一次三至五毫米，蹦得实在太矮，摔得实在太难看。

《除非灵魂拍手作歌》里写灵魂、恋情、外星、猪肉、胴体。看得出，像所有写字的人一样，苗炜起于要让自己爽一下，但是看得出，苗炜不止于让自己爽一下，尽管他反复引用英文，反复强调，“（Writing）it's about getting up，getting well，getting over，getting happy，okay? Getting happy.” “Writing is not necessarily something to be ashamed of, but do it in private and wash your hands afterwards.”看得出，在当代，在我的祖国，尽管好些成名或者未成名的人老了或者废了，苗炜还刚刚开始，还欢势，他的机会还在。

文字是我们的宗教，愿我们继续倒行逆施。不要求两三年升半职，要求两三年出一本冷僻的书。心里一撮小火，身体离地半尺，不做蝼蚁，不做神，做个写字的人。

更无余事，同志们珍重。

冯唐

12 大画

石涛：

见信如晤。

作为一个画痴，不是痴迷的痴，而是白痴的痴，我在2009年夏天快过去的时候读了你的《苦瓜和尚画语录》。有些话，想告诉你。

其实，我成为画痴也不是天生的。我曾经很喜欢画画，小学时候，临摹《三国演义》小人书，可像了，临人像人，摹马像马，笔出如刀切西瓜，笔入如火中取栗，能圆能方，能直能曲，能上能下。我画的现代《三国演义》被送到区里，然后再被送到市里，和其他区的画画天才比拼被送去联合国的机会。后来我没被送到联合国。多年后，我1999年第一次去纽约城，在联合国总部，还看见和我一起比拼的其他画画天才的画，摆在联合国总部的墙上，我照了一张相。再后来上了中学，图画老师让我们画南瓜，我仰仗原来画张飞脑袋的基础，画得最快最像，图画老师还是给我二分。他最小的闺女也在我们班上，她笑得很甜，坐我同桌，我们经常聊天，但是不是我给她递纸条，而是她给我递纸条啊。在那个图画老师之后，我失去了所有对画画的兴趣，也失去了所有对老师的闺女的兴趣。多年后，我做过一个梦，梦里那个图画老师还是让我们画南瓜，我画到一半，举起南瓜拍他。

关于个人，你说："太古无法，太朴不散，太朴一散，而法立矣。法于何立？立于一画。一画者，众有之本，万象之根。见用于神，藏用于人，而世人不知。所以一画之法，乃自我立。立一画之法者，盖以无法生有法，以有法贯众法也。"

你中文水平和你国画水平相比，实在差。你在所有论述中，关于什么是"一画"，始终没说明白。我试着替你说说吧。

和所有艺术形式一样，上古时候，画和文字一样，毫无章法，全靠一腔赤诚。那时候，如果想睡一个姑娘，百分之八十的人说不出口，能直接睡了就直接睡了，不能直接睡的就想着她的样子自摸了。剩下百分之十九的人，说，我想念你。剩下百分之零点九的人，说，我想睡你。最后百分之零点一的人，说，看不见你的一天，漫长得仿佛三年。这百分之零点一的文艺青年，在中文的形成期写出了《诗经》。之后，这些文艺青年慢慢繁衍，文艺青年多了，太朴散了，就不得不立规矩。每个文艺青年都有自己的邪逼歪屌，如何定位？如何使用？可以说得很复杂，也可以说得很简单。和大多数其他事物一样，复杂的基本都是错的，最简单就是，守好你自己的那个邪逼或者歪屌，诚心正意，荣辱不惊，画出自己的一画，不是别人的一画，不是自己的两画。就那一画，耗尽自己所有的歪邪，孤注一掷，倾生命一击，成与不成，你都是佛。

关于古人，你说："识拘于似则不广，故君子惟借古以开今也。至人无法。非无法也，无法而法乃为至法。凡是有经必有权，有法必有化。我之为我，自有我在……古之须眉不能生在我之面目，古之肺腑不能安入我之肺腑，揭我之须眉，纵有时触某家，是某家就我也，非我故为某家也。"

你们当时面临的问题和我们现在面临的问题是一个问题：如何处理个体和古人的关系。但是你们当时的状况和我们现在的状况几乎完全相反。你们清朝初年，几乎所有名家都讲师承，讲这笔是多么董多么巨，这墨是多么沈多么赵。大家看古人纸上山水的时间远远多于看黄山和富春江的时间，大家临摹古人的时间远远多于写自己心中块垒的时间，出笔没有古意，仿佛光膀子出长安街，基本找抽。现在，中华人民共和国六十周年，名家几乎都没有师承，几乎都进修或者自修过表演系、导演系或者投资系课程，几乎都和狗一样走捷径，把名利两点之间直线最短当成公理。“豫章太守顾劭，是雍之子。劭在郡卒。雍盛集僚属自围棋，外启信至，而无儿书，虽神气不变，而心了其故，以爪掐掌，血流沾褥”，“戍卒叫，函谷举，楚人一炬，可怜焦土”，“乘兴踏月，西入酒家，不觉人物两忘，身在世外。夜来月下卧醒，花影零乱，满人衿袖，疑如濯魄于冰壶也”，类似这样气韵的文字，你从一月一日的《人民日报》看到十二月三十一日的《人民日报》，从一月刊的《收获》看到十二月刊的《收获》，你看三年，不会看到一处。

个人和全体古人的关系，应该是昆仑山上一棵草和昆仑山的关系。在长出草之前，需要先爬昆仑山。如果不明白什么叫高山仰止，先别说“俱往矣”，先背三百首唐诗。知道昆仑山有高度之后，开始爬吧，学杜甫学到风雨掀翻你家屋顶，学李白学到梦里仙人摸你头顶，学李商隐学到你听到锦瑟的一刹那裤裆里铁硬。学到神似之后，是血战古人，当你感觉到不是自己像杜甫、李白、李商隐，而是杜甫、李白、李商隐像自己，就是到了昆仑山顶。是时候长自己的草了，不是杜甫的草，不是李白的草，是自己的草。这个时候，长一寸，也是把昆仑山增高一寸，也比自己在平地蹦跶一米，高万丈，强百倍。

关于现场，你说：“笔与墨会，是为絪缊，絪缊不分，是为混沌……不可雕凿，不可板腐，不可沉泥，不可牵连，不可脱节，不可无理。在于墨海中立定精神，笔锋下决出生活，尺幅上换去毛骨，混沌里放出光明。纵使笔不笔，墨不墨，画不画，自有我在……人写树叶苔色，有深墨浓墨，成分字、个字、一字、品字、厶字，以至攒三聚五，梧叶、松叶、柏叶、柳叶等垂头、斜头诸叶，而形容树木山色、风神态度。吾则不然。点有风雪雨晴四时得宜点，有反正阴阳衬贴点，有夹水夹墨一气混杂点，有含苞藻丝缨络连牵点，有空空阔阔干燥没味点，有有墨无墨飞白如烟点，有如胶似漆邋遢透明点。更有两点，未肯向学人道破，有没天没地当头劈面点，有千岩万壑明净无一点。噫！法无定相，气概成章耳。”

现场有神。

重视个人并不意味着你是神。有的时候，你是神派来的，有些时候，你只是一堆蛋白质。哪怕你站在昆仑之巅，你所有的修为，也只是笔。现场是墨，是未知的定数，是神派你来的一瞬间。忘记逻辑和知性，忘记个人，甚至忘记笔，忘记已经站在昆仑之巅，忘记跌进深渊的恐惧。你能控制的太少，你甚至不能控制笔触及宣纸的一瞬间。

你见过烟在香炉上空升起吗？你感觉不到风，但是烟为什么洇蔓成那个样子？你控制得了所有你感觉不到的风吗？你控制得了墨要长成的模样吗？

血战打败古人之后，精尽长出昆仑山上一棵草之后，天还是遥不可及。但是这个不重要，云在青天水在瓶。

无由会晤，不任区区向往之至。

冯唐

13 大城

上海：

依好。

我承认我从小对你有偏见。歌儿里唱，谁不说俺家乡好，何况俺家是北京。小孩儿靠近佛，没有是非概念，大人和舆论一推，就是满脑子成见。北京的马路比上海的宽太多，不是不方便，是特别设计，战时起落飞机，宁时多撞死些老头老太太。北京的风沙比上海的大太多，不是不宜居，是特别安排，现在培养男生更有兽性，将来移居火星。北京的姑娘比上海的邋遢太多，不是不美好，是特别逻辑，是坦诚，不洗脸都能迷死你的，就是你一辈子的女神，不洗脸能吓死你的，就是你一辈子的克星。何况北京还有毋庸置疑的优势，比如北京的庙宇、使馆、博物馆是上海的百倍，比如北京的影星、歌手、画家、诗人、作家、政客、哲学家等等非正常人类是上海的百倍，你说，上海和北京怎么比？

对于你的偏见持续了很久。这种偏见的慢慢加深和逐渐解除和两个上海女人有关。

最初和上海人有比较密切接触是在医学院，一届三十人，四个来自上海。他们和来自其他外地的同学不一样，其他外地同学带来地方特产，比如黄岩的带来蜜橘，无锡的带来烧饼，上海来的带来上海话。在北京的地界儿上，他们彼此欢快地用上海话抱怨北京如何如何不是人待的地儿，扭头问我，你听不懂吧？像不像日本话？四个上海人中，一个是女的，身材不错，长得也不错，自我介绍说从小练女子花剑。但是运动会的长跑和短跑她都不跑，都抓紧时间念书，她说她是练剑的，爆发力只在十米到十五米之间。我见过她的爆发力，从食堂门口到卖菜窗口，她的身体一个恍惚就到了卖菜大师傅面前，我们看过多次，但是没一个人看清过这个箭步是怎么迈的。当时，女生基本都发育完了，我们还在长身体，常常馋肉，急了，钱花光了，实验完了之后的狗、兔子、耗子都吃。还是最喜欢羊肉。有一次在炭火已经烧开了清水、羊肉的冰渣已经开始融化的时候，这个上海姑娘来了，白毛衣，手上拎着一根大葱，放在桌面上，说，我也贡献一把，我们一起吃吧。

那还是二十世纪九十年代，我碰巧去了一趟你的地界，高架桥正在搭，满城脏乱，水龙头里流出来的水是黄的，煮开了还是盐骚味儿，弄堂里的厕所是波音公司造的，比飞机上的厕所还精密。我理解了我们那个上海姑娘的精明。生活资源这么少，如果不争，怎么活？人这么多，如果不文明地争，怎么活？所以，来争吃一锅羊肉，带着一根大葱。

十年之后，我第二次到你的地界，竞标上海国资委下属一家公司整体上市的战略规划。负责接洽的是个上海姑娘，长得像金喜善，长得比金喜善好看。招标演示会上，上海金喜善戴了个浅粉红色的墨镜，放幻灯的时候，室内光调暗了，她也不摘。透过镜片，我看得到她深黛色的眼影。我们当时的工作小组和领导一致同意，为了金喜善，投标价格降一半。

从第一次接触到项目开始一个月，上海金喜善都不苟言笑，公事公办，头发盘起来，一副大出实际年龄十几岁的样子。之后我看了《色戒》，印象最深的是王佳芝的架势，没革命过但是要有造过好几次反的架势，没杀过人但是要有杀过了好几个的架势，没上过床但是要有幼儿园就不是处女的架势。回想起上海金喜善，我理解了，和干净的街道、熨烫好的旗袍、建筑上普遍点缀的到晚上亮起的灯光一样，你这个城市，不管怎样，先要挺起架势。不是装出，是挺起。

后来熟了，上海金喜善托我从香港买包，她说便宜不少，我说送吧，她坚持付钱。后来更熟了些，说她想进修，问我是读MBA还是读个市场营销的专科，说她想买个大一点点的房子，问我是卖了现在住的还是向银行多申请些贷款。我心里暗暗叹气，你这儿生长的姑娘，其实挺实在，只是这种实在不放在表面，只是实在的逻辑不同。上海金喜善长成这样儿，如果是个北漂，基本不会想到念个实在学科，基本会为了艺术叉开腿挣出个金百万。王佳芝不是不知道说了是死，不是不知道人死了，再大的钻戒也不能戴着逛淮海路，但是透过六克拉的钻戒看到了大得像生命的情意，还是说出了“快走”。张爱玲不是不知道胡兰成从大众意义上看是个什么样的人渣，但是看到了他文字里看破了生命的伤心和一瞬间对自己的完全懂得，还是低到了尘埃里。

春天来了，余不一一，顺颂你地界上过几天开始的世博会大牛。

冯唐

14 大波

马拉多纳：

见信好。

又四年了，又开春了，又该踢足球了。今年六月不知道你会不会去南非，你的肚子在场边飞，你的阿根廷小伙子们，长发在场子里飞。

我们国家两千多年前有个老头，叫孔丘。他说过一些简单明强的话，直接踹向生命的裤裆，两千多年过去了，还能针灸现代人的心理创伤。他知道人类的变革动力和内心煎熬都来自于同样一种妒嫉，他说，天下有道，丘不与易也。你有你的好处，我有我的好处，对于我的好处，我有信心，不拿我的好处换你的好处，我羡慕但是内心不煎熬。在妒忌这件事儿上，我检点自己，基本能做到孔丘的境界，除了对于跳舞和足球。这两种技艺或许就是一种技艺，比任何技艺都更加直接地触摸生命的睾丸，更加接近生命的本质。

我一直妒嫉善舞的和会踢的人。我善想事儿，我善码字儿。哪怕是再复杂的世俗问题，即使不一定有最好的解决方式，我一定能分析出最不坏的解决方式。无论是钢笔在纸面上书写还是手指在键盘上敲打，我知道，字句的黑白疏密凸凹之间，有小鱼和小雀在。我背书默记不行，但是“床前明月光，疑是地上”，挡住后面，我能填出“霜”。但是，如果可以选择，我会毫不犹豫，拿想事儿和码字儿这两种大脑层面的手艺换取跳舞和踢球这两种小脑层面的技艺。小脑层面的技艺比大脑层面的手艺直接太多，足之，蹈之，仿佛植物在雨，仿佛动物当风，杨玉环和我都更记得安禄山高速胡旋舞时候的壮硕肚脐，而不是他几乎颠覆了唐朝政权的巨大心机。

高中的时候，学校组织国庆汇演献礼节目，校长决定别出心裁，假扮新疆人跳新疆舞给祖国献礼。挑了十二个一水儿高个儿女生，头发梳顺，扎了小辫儿，戴了小帽儿。挑了坐在我后面的肌肉男当新疆大叔，贴了假山羊胡儿，穿了金花儿皮靴，用类似京剧丑角的步法，蹲跳，从一溜儿女生的左边到这溜儿女生的右边，再从这溜儿女生的右边到这溜儿女生的左边。肌肉男满脸向祖国献礼的笑容，大腿的缝匠肌都笑得合不拢嘴。在之后的三十年中，肌肉男反复提起那次汇演，说，每个女生的气味都不一样，没出汗和出汗之后的气味也不一样，甚至从左边到右边和从右边到左边的气味也不一样。我想，那是肌肉男人生的制高点，不仅他自己，任何人都很难超越，在他死前的瞬间，他的小脑会清晰地想起那些复杂而遥远的香气。

我们学校距离工人体育场很近，体育场里面有十几块免费的足球练习场，我们学校一直有参加“北京中学百队杯”的传统。我们学校有长期的体育传统，一堆国家级健将，学校甚至单独给他们开了一个小灶食堂。在包括足球在内的所有体育项目中，在我们班男生中排名，我一直排倒数第二名，倒数第一是个先天心脏病。所以代表整个学校的“百队杯”足球队自然和我没有任何关系。其他人练习足球的时候，我和先天心脏病在足球练习场旁边的草坪上，铺开塑料棋盘，下围棋。先天心脏病听说棋圣聂卫平心脏也不好，觉得心脏不好应该和下围棋好有正相关的函数关系。女生们常常来到练习场，她们都大呼小叫地看球队踢球，她们从来不看我和先天心脏病下棋。我们下棋累了，也在球场边眺望，夕阳西下，先天心脏病说，要不咱俩狂补足球知识，学解说吧，听说宋世雄和韩乔生都是咱们学校毕业的，他们的体育也都倒数。

我这辈子和足球亲密接触的唯一机会在1986年夏天快要结束

的时候到来。据说其他“百队杯”代表队请了太多专业外援，我们代表队完败多次，被踢伤了很多人，三个守门的都被铲折了肋骨。我被抓去守门，他们说我乒乓球打得好，尽管我上下跳不起来，前后跑不快，但是在一条水平线上，左右跨步跑还是强于常人，勉强可以守门。和我说好，开大脚球都由粗壮后卫代劳，如果熬到点球决胜负，由中锋替我当守门员。我说，好啊。

在1986年的那个夏天，你是很多人的神。现在写这封信的时候，我忽然想，二十四年前，你上帝之手挥舞的那一瞬间，你第三条腿一定肿胀异常，帮助你第一条和第二条腿，带动身体，在风里，努力飞往那个大波的方向。

冯唐

15 大乘

王锋主编：

见信好。

寒来暑去，白马过隙，青山依旧在，老了不少老太太，不觉之中，给*GQ*中文版、给你写了一年多的稿子了。这一年多里，你住卷首，我住卷尾，见过两面，人多，酒少，没细聊。这一年里，工作、写字、生活，其实，天天有拍案惊奇，借着周年，和你唠叨一下。

工作

我姐过去二十年一直在湾区，她认识一个华裔大姐，生在旧金山唐人街，四十多了，拳脚刀棒不错，几乎一句英文都不会说，几乎没有正式工作做，嫁了个学做芯片设计的清华留学生。

2008年初，这个大姐，背着老公，从银行贷款在湾区买了五套房子，全部零首付，全部前三年免息，还送装修。二月份的时候，我姐当笑话讲，我后脖子一凉，距离崩盘不远了。三个月后，经济危机就来了。

从2008年中到2009年初，我一个客户是中国最大的石油公司，看到油价从近二百美金一桶跌到四十美金；我另一个客户是中国最大的航运公司，看到波罗的海货运指数跌了百分之九十；我最大的客户，生产的干货集装箱占了全世界百分之六十的市场份额，看到全部干货箱生产线停产。这个客户的CEO和我说："冯唐，过去三年，要不是咱们一起做有限多元、相关多元，硬把干货集装箱的收入占比降到百分之四十，这次就过不去了。"我说："这是我在麦肯锡做的最得意的几件事儿之一。"

2009年中，离开麦肯锡，加入一个老红筹集团的决定做得非常快，没用PPT，没用Excel，没用Access，基本没过大脑，基本是用头皮和脚跟想的。

加入这家红筹集团之后，很快发现，活儿比原来耗时间，周末几乎没有，工资少一半，酒是原来的一百倍。原来想的，每天睡七小时、站十分钟桩、走一千步、看十页"闲书"，又一次成了奢望。但是，每天好像都在学习，每天都有体会，每天拍案惊奇，几乎很少烦闷。

写字

2009年春节，答应电子版权的书商，2009年最后一天交新长篇的稿子，说初唐禅宗和尚的事儿。进了这个红筹集团，基本一天会，一顿酒，殚精竭虑，屁股都坐方了，稿子自然没写完。厚起脸皮，和出版商商量，稿子再延三到六个月，他的预付款可以退还给他。书商仁义，2010年底写好就好了。我看完邮件，在心里呼喊，书商里也有好人啊。

2009年10月，我的一个叫苗炜的朋友做了一件非常不靠谱的事儿，在二十年来每天写三千字以上的新闻稿之后，在当了多年《三联生活周刊》副主编之后，腼腆地写了七个纯文艺中篇，出了一个小说集，叫《除非灵魂拍手作歌》。他让我写序，那个序的最后一句是："心里一撮小火，身体离地半尺，不做蝼蚁，不做神，做个写字的人。"

2009年11月的一个周末，去珠海参加了"第八届全国青年作家会"。这届的作家奖有了奖金，五年前我得奖的时候，只有一张证书，社会进步了。

会议研讨的题目是写作回到思想边缘。出题的人说，现在，太多的文章是用脚写的、手写的、屁股写的，很少是用脑子写的、用肠子写的、用尾骨写的。每个人都得发言，我简单说了说我认为的原因："第一，不是因为表达本身。对于表达本身，你使不上太多力气，该定型的，早就定型了，长歪了的，现在纠正也晚了。第二，可能的原因是没想清楚、没体会精细。我另外一个手艺是战略管理咨询，每当听人说'情况太复杂，我说不清楚'，绝大多数的时候，我可以认定，是他没想清楚。文章也类似。第三，再追源头，多数没想清楚、没体会精细的原因在于没有经历、没有生活。亲尝远远大于二手信息。山里的和尚说，他了悟了世事，拿起放下，当时不杂，过后不恋。我不相信他能。"

生活

2000年进麦肯锡之前，我列过一个愿望清单，假设我有时间，罗列了我想要做的事儿。

这个清单包括：去安阳殷墟待一百天；学甲骨文；看完《二十四史》；重读《资治通鉴》；当一年和尚；戒断工作，闭门写完我欠老天的五个长篇小说；陪我妈去趟蒙古国；陪我爸打三天麻将牌；重看一遍古龙；重新用起M6，自己冲洗黑白照片；重新学习针灸；阴天的时候去手术室帮忙做做妇科手术，等等。

2009年7月，加入这个红筹集团之前，我看那个清单，觉得很兴奋，想，或许终于有时间，至少可以部分实现清单上的愿望。2010年的大暑，我重新看了一眼，清单硬硬的还在，一项没短。

买了一个B&W的耳机，睡觉前催眠，听一个朋友念的《金刚经》。她的字写得端正，经念得有静气。夜半醒来，酒店窗外的月亮巨大，大过蒸锅，大过路灯，大过欲望。我忽然想，一天不作，一天不食，我每天竭尽心力庙算，如果能让这个红筹集团的五十万人少走弯路，遇水见桥，遇山见路，见佛杀佛，见祖杀祖，每个人都过上体面的生活，是否也是一种大乘？我忽然又想，我凶残地压榨自己的精力，两三年写一部长篇小说，阳光之下，流转几百年，帮助读到的人拆篱笆，蔑生死，按摩心房，脱离拧巴，是否也是一种大乘？我最后想，你王锋办一本杂志，给出一种趣味和正见，让当下千万人的日子更美好一点，是否也是一种大乘？

暑去秋来，周年之后还有很多年，遥祝，爽。

冯唐

16 大酒

古龙：

见信好。

快到年关了，圣诞之后是新年，新年之后是春节，人间会到处是贴金红包、瞬间烟花、空洞祝福和连绵酒肉。你在非人间，有年关吗？那里年关说真话吗？你最近也要常喝大酒吗？不知道你现在是在天堂还是地狱，不知道是天堂的酒更对你胃口还是地狱的酒更对你胃口？ 你在非人间，喜欢喝葡萄酒、啤酒、金门高粱，还是茅台、五粮液、剑南春、古越龙山？天堂和地狱没国界，应该没有防火墙，找人容易，灵魂没重量，以光速旅行，随愿而至。你在非人间，常常和谁喝呢？少年时代捅你或者和你一起捅别人刀子的烂仔？和你争一个姑娘的混混儿？坐你身边听你构思《楚留香》的女人？

人间年关不好过，我看了看自己下面两个月行程，心生绝望。每天三种运动——开会、喝酒、睡觉。每天十二个小时以上的会，六个小时以上的酒，不到六个小时的睡眠。需要开的会和需要喝的酒，挪来挪去，还是排不开，感觉仿佛华容道，没当曹操，已经体会到他的悲惨，屁股后面是关羽和关羽的大刀，周围是躲不开的官僚，当曹操不容易啊。没时间剃头，所以十五块钱去剃了一个光头，下次再需要剃的时候，年关就已经过去了。没时间生病，所以每天一克维生素C，听说增强抵抗力，不容易感冒。

人比较贱，似乎只有享不了的福，没有受不了的罪。这样三项二逼运动时间长了，人竟然渐渐适应了，每天会开到下午四五点，巴普洛夫的狗一样，小白鼠一样，鼻子竟然闻到五百米外酒馆里摆好的酒和冷盘的味道，五十三度，老醋花生，脸上浮现出浅浅的微笑。

酒大到一定时候，下脚的砖石地面开始柔软，踩上去仿佛积了厚厚的尘土、积雪、落花，手里的玻璃杯子开始柔软，杯壁和酒连成一体，杯壁比平时柔软，酒比平时坚硬，连在一起，流动而有韧性。听见动脉在左边太阳穴上跳跃，遥远的隔壁桌子上的女人比平时好看，脸上泛出灯泡般的光华，同桌上说空话和假话的男人三分之一醉倒在桌子上，三分之一彼此拉着对方的袖口一对一倾诉一腔坦诚，最后三分之一的声音越来越小。我的手按住膝盖，我的小腿勾住桌腿，怕身体飞起来。

这种状态的时候，想起凶杀和色情，自然想起你。你在杂文里问：“谁来和我干杯？”

初三和高一的两个暑假，连续两个夏天，北京的天儿不算太热，把你的全部小说读完。那两个暑假，隔壁一对亲兄弟，两个小混混，他们有办法，他们有全套的梁羽生、全套的金庸、全套的诸葛青云、全套的你，两个纸箱子。我学校成绩好，他们号称到我家一起念书，每两三天带来一套你的小说，我读你，他们自己吹自己的牛逼，瞎猜铁砂掌的练法。我最喜欢你后期的东西，《七种武器》、《大人物》。他们说不清他们喜欢什么，后来索性不念书了，混了社会，飞机、钢材、西瓜、秋裤，什么都卖。后来，翻你传记，你爹在你中学的时候离开你和你妈，你很快也离开你妈，泡了一个舞女，一度加入帮会。 大二和大三的两个暑假，我没钱玩耍，没姑娘，没酒，没回家，在宿舍里，光着膀子仿你的路数写武侠，署名“古龙名著”、“古龙巨著”，换钱，换酒，问姑娘，我写得好不好。那时候电脑稀少，复印很贵，稿子交给组稿人，一手交钱，一手交稿子，没有留下一点痕迹，仿佛那时候的酒和姑娘，年轻的肝脏和肠子完全没什么印象，肝脏不会硬化，肠子不会寸断。

其实，飞机上重新看你为数不多的照片和小说，你身上缺点无数。做人，长得真丑，像个慈祥的杀猪的，过得稀烂，乱睡，滥喝，乱睡之后有私生子，滥喝之后闹酒炸被人砍，你的一生是吃喝嫖赌的一生。作文，你一不研究历史，二不考据武功，三不检点情节，虎头蛇尾，前后矛盾，逻辑混乱，男人都是因为义气吃亏，女人都是因为珠宝背信弃义，几乎所有的小说都不适合拍电影。短文更是脚趾头夹着笔写的，没有炼字锻词，偶尔有个别好句子，整篇没有一篇能看的，总体基本不入流。

但是，文字和人一样，很多时候比拼的不是强，是弱，是弱弱的真，是短暂的真，是嚣张的真。好诗永远比假话少，好酒永远比白开水少，心里有灵、贴地飞行的时候永远比坐着开会的时候少。所以，大酒之后，看到女人而不是看到花朵，看到月亮而不是看到灯泡，想起你而不是想起其他比你完美太多的人。

1985年，你再次酗酒，导致食道破裂，最终借酒解脱。你说：我靠一支笔，得到了一切，连不该有的我都有了，那就是寂寞。二十年后的年关，写首诗送你。《最喜》：一个有雨有肉的夜晚，和你没头没尾分一瓶酒。

冯唐

17 大器

我的终极神器：

你长啥样儿呢？你在哪里呢？

最开始学英文的时候，用了非常笨的办法，囫囵吞枣读两本原文长篇之后背一本英文字典，背到字母T，Toy词条之下，有个例句晃眼："Boys，toys."男儿热爱玩意儿。新买了一把五尺钢刀，喜欢死，不放手，"一日三摩挲，剧于十五女"。自古以来，男人热爱玩意儿常常多于热爱妇女。

一个男人的一生，是使用玩意儿的一生。一个男人的一生，可以拿他使用过的最重要的玩意儿来编年。我长期使用的玩意儿，退役之后，通常会被我扔进一个箱子，留着，一是恋旧，二是妄想，退休之后，摊开一桌子，逐一重新启动，相隔几十年的机器一起运转，每天都过一辈子。

最先扔进这个箱子的伟大器物是把半尺长的蒙古刀，精钢开刃，仿鲨鱼皮套，里面还有一副象骨筷子。我老妈从蒙古老家探亲带回来的，送给我，说，别老看闲书了，送你把刀，出去耍耍。我哥当时天天在街头耍，我老妈送了他一支钢笔，给他订了一年《人民日报》。我哥说，他不稀罕，他有管叉。当时，小学，八十年代，不插电，没什么可玩儿的，我书包里一直带着这把刀，杀青蛙、杀知了、杀鱼、杀鸡，在树干上刻字，期待遇上劫道的流氓。

中学六年，生活超级简单，课外娱乐包括白嘴喝啤酒、跑三千米和意淫班花，似乎只使用过一个玩意儿，一个云雀牌的随身听。我们中学校办厂出的，一块砖头大小，别人的随身听挂在腰带上，我的随身听垫在我屁股下面。随身听上只有两个键，播放和停止。校办厂的部分产品出口非洲，中文云雀换成了英文Lark。我背字典的时候背到过这个词，接下来会出现的词是Lard，猪油。

大学时代的伟大器物包括一个卡西欧图形计算器，可以编程，画函数图，学植物学的时候它帮我作弊，记录花程式，比如百合：*P3+3A3+3G（3：3），整齐花，辐射对称，花被6数，2轮，每轮2片，雄蕊群6枚，2轮排列，每轮3枚，雌蕊群由

3个心皮组成，合生，子房3室，上位。当时想，如果对付这类东西不借助机器，人很快会变回猩猩。

1993年的时候，老姐送了我第一台电脑，东芝Sattelite系列，英特尔486芯片，33兆赫兹主频，4兆内存，微软Windows 3.2操作系统，12寸黑白屏幕，鼠标像个耳朵似的，要外挂在机身右边。那时候，笔记本电脑和上网都是新鲜事儿，与朋友共用，坏就坏了，人休息，机器不停，挖地雷、大富豪、无聊小说、毛片。毛片不是视频，是色情图片，下载的时候，从奶头下载到阴毛要在电话线边上等半小时。为了让毛片的世界更加真实，同宿舍的六个人凑钱买了一个14寸彩色显示器。

2000年，第一次全职工作，第一次有了一个自己的手机，诺基亚7100，接电话的时候，金属触觉，一按，一道弧线，弹出话筒，仿佛弯刀，让我想起我小时候的蒙古刀。随机送了个别子，我把手机别在腰间，在京城行走，非常神气。办公室一个资深美女每天浓妆，穿跟儿很高的高跟鞋，盘高髻，喷浓香水，用英文和我说，我们是著名管理咨询公司，手机别在腰间，看上去非常不职业。我红着脸把手机放进裤兜里，觉得人生的路好长。第二天，手机丢在出租车里了。第三天，到香港出差，看到香港办公室几乎所有资深男老外都把手机别在腰里，非常神气。

之后，玩意儿越来越多，行李箱里几乎一半的空间装这些玩意儿，另一半空间装这些玩意儿的充电器，每到酒店，第一件事儿就是在墙上找电门，插上充电器。拉开包看看：ThinkPad X301、两个iPhone、一个黑莓、一个iPad、一个HP12C、一个Leica X1、一副B&W非入耳式耳机。每天酒后睡前，为了明天叫早，用三个手机上三个闹钟，每个间隔十分钟。酒不大不小的时候，睡不踏实，夜里每次醒，每次想，现在几点了，明早三个闹钟会不会都不响。

黑莓的一则广告是这样说的："于是，你有了时间做其他的事情。"对于我，没有比这个更扯淡了。反正到最后邮件不得不回，与其担心，不如叉手立办，渐渐养成了习惯，手长在黑莓上，总觉得表示新邮件的红灯亮了，至少五分钟查一次。终于有一天，梦里伸手抓黑莓，没抓到，打翻一杯水，惊起一身冷汗，醒了。以后，放黑莓的兜里放了一块老玉，想摸黑莓的时候，就摸摸玉，比黑莓的触感好多了。

戒掉黑莓之后，摸着老玉的时候，忽然想，其实，即使是现在，修炼到一定境界，也可以不插电，一个人，一个舌头，一个脑子，没有计算器、电脑、PPT文件、Excel模型，走进一扇门，说服一个人，改变一小块世界。

其实，终极神器是颗修炼得见了就做了做了就放下了的混横明强的心。

冯唐

18 大录

新买的B5本子：

你好啊。

我很小就开始用本子。

最早学写钢笔字的时候，用一种田字格本。田字是绿色的，田字里面还印有细细的红色的斜虚线。每个田字都是一个紧箍。语文老师要求我们，写每个汉字，都得方方正正、平平稳稳地摆进这个田字紧箍，犄角在左上，小腿在右下，鸡鸡在中间。语文老师最推崇庞中华，要求我们人手一本《庞中华钢笔字帖》，因为他写的所有的字，犄角和小腿和鸡鸡都在该待的地方。班上一个小流氓问语文老师，庞中华全家怎么不都姓田啊？我问语文老师，都有印刷机印刷《人民日报》了，我们干吗还这么写汉字啊？语文老师说，你们两个小流氓，什么思想啊？我说干吗，你们就得干吗。你们再说，就去抄写一遍《金色的鱼钩》。《金色的鱼钩》说的是一个老红军和一个小红军在长征路上没吃的，钓鱼、熬鱼汤吃的故事，是当时小学课本里最长的一篇文章，三千多字。抄一遍，一本田格本就写满了。

第二种那时候常用的本子叫练习本，印了暗蓝条纹格，写起来比田字格本自由，通常也比田字格本厚。我第一次看到的手抄本，就是抄在这种本子上的。那个本子的前两页抄的还是鲁迅的《一件小事》，到了第三页就是表哥、表妹、大腿、摸来摸去和床之类了。本子被反复翻阅过，甚至被对着自摸过，有油渍、汗迹，比一般的练习本厚。文字估计有四五千，抄的人越抄越没耐心，字体越到后面越凌乱。有些句子下面出现第二种、第三种甚至第四种字体的小字，有的是评论："不是这样子的吧？""真的啊？""怎么能需要一个小时呢？"之类，有的是扩写，有的是扩写的扩写。后来看《金瓶梅》，读到文气有些断的地方，我常想起那个手抄本。我怀疑，《金瓶梅》或许本来是个尺度不大的世情小说，就是有手欠的人在阅读中反复扩写，就成了个尺度很大的色情小说。

第三种常用的本子叫工作日记。牛皮纸外皮或者一种青蓝色外皮，"工作日记"四个红字印在中间偏上的位置。不知道为什么没有"学习日记"或者"学习笔记"，反正我们和那些真正工作挣钱的人一起都用这种本子。这种本子比练习本要厚很多，里面的页，简单地印了浅红的横线。我不爱记课堂笔记，通常用这类工作日记写杂记。打开脑子，就看到怪力乱神、诲淫诲盗、天女散花的念头飞舞，苍蝇一样，蜻蜓一样，蝴蝶一样，落叶一样，坠花一样。笔伸过去，捞到本子里来，纸上就是苍蝇、蜻蜓、蝴蝶、落叶、坠花。

大学的时候开始用A4大小的本子。这种本子只是上边装订起来，其他三边都散着，内页靠近装订线的地方有一条暗线，沿着暗线，可以把一页纸整齐地撕下来。有些变种，在本子的左侧还有两个或者三个孔，可以保存在配套的活页夹里。我还是不爱记课堂笔记，这个坏习惯让我在大学的考试成绩至少降了两级。我用这种本子写信。那时候我初恋在上海，我在北京，彼此两三天一封信。我写一页，撕掉一页，折起来，放进信封里，想，这些页，到了上海，她一页一页积攒在一起，又是一个完整的本子。我初恋是个非常矜持的处女座，当时我总觉得她给我写的信不够甜蜜，每天就那么一点慰藉，希望它热点儿更热点儿。过去多年，我极其偶尔重翻，发现，她的信写得已经很热了，了无矜持，满纸小女生，几乎到了那个年代一个正常女生的上限，写得再热点，抄在练习本上，投放到中学，就成手抄本了。后来我问她，我写的那些信还在吗？当时写了一年多，我想复印一下，留个底。她说，那些信，闹心，一个春节，手欠，都烧了。

工作之后，第一次外出访谈，访谈四川绵竹几个赤脚医生。访谈完，跟我同去的大佬给我看他记的笔记，A4纸，满满四页，“好记性不如烂笔头”。那之后，我开始用B5大小、黑皮红脊的记账本。每页从上到下划一道，七三开，大的那部分记录工作相关，小的那栏继续记录过去习惯记录的那些苍蝇和坠花。本子的最前页写上开始使用这个本子的日期、自己的姓名和手机号码，万一丢了，捡到的人方便找到我，还有一两句“大处着眼，小处着手。群居守口，独居守心”、“不着急，不害怕，不要脸”之类激励自己的二逼话，头晕眼花的时候念念，加固小宇宙。

这些年来，这些本子和以前的“工作日记”加一起，也有三四十本了，排在书架上，竟然有些壮观。已经度过的时间，都在这儿了，回不去了，就像这排本子不能重新变回空白一样。

人摆脱不了时间，但是可以摆脱使用本子的习惯。自从生活中出现笔记本电脑之后，我就一直试图摆脱纸质的本子。空想起来，电子本子有很多好处，比如字体好认，比如容易检索和查找，比如可以多任务，想专心记录的时候记录，不想记录的时候查邮件、看网页，别人只知道你在记录，不会觉得你不礼貌。

尽量找轻薄的笔记本电脑。听说过但是没找到传说中的

Apple Newton，仔细试过索尼第一代VAIO-P，电池只能坚持一个小时多一点，真是一个缺心眼的设计。索尼最新的一款超薄笔记本电脑，比iPad还要轻5克，电池续航时间也不错，但是毕竟是PC机啊，等Windows开机再打开Word开始记录，会都结束了。iPad是最可能的选择：全屏手写、十个小时电池续航时间、长得像个本子。勉强当纸质本子来用，一周之后，发现还是不行。第一，比起用笔在纸质本子上写，还是复杂很多：按开机键、横划解锁、输入密码解锁、点击应用软件、新建一个文件等等，十几个动作之后，才能开始记录。第二，写多了，食指受不了，远端指间关节隐疼。用中指替换着写，怕开会的其他人觉得我的中指总冲着他们，心里别扭。第三，高强度使用之后的第七天，越狱之后的iPad软件系统崩溃了，过去一周记录的一切都没有了。

于是我认输。好吧，在电子玩意儿上浪费一千个本子的价钱之后，在几十个和软件系统搏斗的漫漫无聊长夜之后，本子，我认输，我离不开你。我又老老实实新买了十本B5大小的本子，等着在老天剩给我的时间里，记录那些经历、理解、苍蝇和坠花。

冯唐

19 大好

丹丹：

听说今年冬天北京大旱，连续百天无雪，六十年来未见。我又有一阵子没回北京了，也有一阵子没和老哥哥你在北京一起喝酒了。男的容易贪玩，小时候，忙着打架，不要命；大了，忙着干活儿，不知死之将至。上次喝完酒，一起在东直门路口等出租车，你没看我，说，过几年回北京吧，再不回北京，就老的老了，死的死了。我没接话，也没看你，然后出租车来了。

这么多年了，印象中，你眼睛常常半闭着，一直不太看人，也一直不太看这个人世。见到你的时候，你基本两个状态，一个是半醉的状态，一个是往半醉出溜的状态。不是半醉的时候，你白着脸，闭着眼，灌自己和别人酒，主要是灌自己酒。到站了，半醉了，你红着脸，闭着眼，胖着，骂人世和人，主要是骂没到场喝酒的人。

有次喝酒，凉菜和酒上得都慢，催了几次，老板娘送了我们一盘免费瓜子。你从外衣兜儿里掏出一只玉碗，免费瓜子倒进去，跟我说，嗑瓜子，嘴别闲着。那只玉碗真白，润，腻，光素无纹，碗口镶一圈一厘米宽窄的黄金。我当时对于这些东西一窍不通，问，这个玉碗古董吧，什么年头的啊？你说，玉种这么好，工匠这么有信心不乱添工雕花，断定是清早期到清中期之间的东西。我接着问了一个后来我常常被其他人问的问题：你怎么知道是清朝的呢？你说，你怎么知道是草鱼不是鲤鱼、是唐诗不是宋诗、是好姑娘不是太妹、是好企业不是烂公司、是良性肿瘤不是恶性癌症呢？道理是类似的，见识，见识，见识，见多了，琢磨多了，就识了，就知道了。我问，你外衣兜儿里还有什么啊？你又掏出一对玉镯，青白玉，二龙戏珠，油润，灯光下面，发出年轻姑娘刚刚洗好的头发的光泽，龙似乎在游，带着水腥味儿，中间的珠子上下跳。我当时包里正好有一信封报销回来的现金，老婆马上生日，问了价钱，从你手中买了下来。我问，什么时候的啊？你说："清中期的，你是不是要问为什么是清中期的啊？赶明儿给你本儿书，你也学学，再带你逛逛，买点，当个兴趣爱好。多个爱好，到老了不无聊。人老了啊，命也不想拼了，书也写不动了，其实啊，你再写也超越不了你的《万物生长》，人老了啊，看女人也觉得麻烦，也插不动了，其实就是那么点事儿，两个人抱在一起，嗷嗷叫几声，有啥意思？有个古玉的爱好，看看，摸摸，不烦。君子无故，玉不去身。”

古董这行儿，古今中外，从拍卖行到坐商，从不保真，能不造假卖假就算好人，能坦诚，认为是真就当成真的卖，认为是假就当成假的卖，就是孔子。一句话，卖家说“这东西，我认为是真的，也当真的卖你”，过了一阵，买家觉得假，买家能怎么办？你说，第一，咱见识高，眼力好。第二，更重要，我们人品好，也找人品好的古董商，买了之后，觉得不对还可以退给他们。

我渐渐发现，长见识没有别的好方法，第一是多看图录，知道标准器长得什么样。第二是多上手实物，色香味触法，实物给人的综合信息远远大于图录。当初学外科，手术图谱看得烂熟，能背着画出来，上了台，病人的腹腔打开，和手术图谱长得完全不一样，傻眼了。古玉也一样，按照原来做好学生的精神，六册《中国玉器全集》、十五册《中国出土玉器全集》、台湾震旦博物馆系列、英国大英博物馆系列、你写的《玉器时代》，翻熟，再翻熟。古玉商打开保险柜，摊开二十个盒子，哪些真？哪些假？哪些是老仿老？哪些老玉新工？哪些新玉新工？傻眼了。第三是多买，有投入就有压力仔细揣摩。

到最后，喜欢上古玉，不是因为你说的玉能避邪，而是因为玉让我神交古人，更好地学习中文。我喜欢中文，但是光细读文章不能完全理解书写文章的那个朝代。中国人用玉，历代不绝，久于使用文字的历史。同一个朝代的玉和中文，相通，互补。对照着古玉，对古中文的理解容易深进去。

你左边胖脸蛋子上长了一个包。你先说，多喝点烈酒就下去了。结果酒下去了，包没下去。你又说，抠抠就下去了，你抠出了血，包没下去。我帮你摸了摸，确定不是皮上的东西，是皮下的东西，让你去医院活检，你拖着不去。两年之后，你去了之后，医院就没让你走，你死活不让人去医院看你。再见你，在你家院子，阳光下，你绕着院子走了一圈又一圈，你左边脸的肿瘤切了，肿还没全消，左脸比右边还胖两圈，眼睛睁着的时候也像闭着。你拿出二三十个盒子，说："以前买的古玉，都是文化期的，有些还登在《玉器时代》那本书里，转让给你，换些你的银子，我拿这些银子料理一些需要料理的事儿。"我说："银子好说，玉怎么舍得转让？"你说："能留在你那里就好。"我说："你手术之后，过一阵要去复查，再做个活检。"你说："绝不。手术放了一个引流管，后来找不到了，又打开伤口找，后来找到了，但是不是原来放的那根，再后来又打开找，最后似乎终于找到了。我再也不做手术了。人终有一死，要死，就要死得有点样儿。"我看着你胖出两圈的左脸，听着你的描述，想起了几双筷子在一个麻辣火锅里捞。

从你院子出来，我一手拎着一大塑料袋二十多盒夏代玉器，一手扶自行车车把，骑车，捋着平安大街，从东往西。下午两点，大太阳砸下来，时间被压得扁如柿饼，我不觉得热，想到古玉的得失、聚散、残全，“欣于所遇，暂得于己，快然自乐”。我还是想不明白，这人世到底是怎么回事儿。

老哥哥，以后我每次回京，我们每次一起喝酒。因为喝一次少一次，所以一次都不要省。

冯唐

20 大眼

夜郎侯：

你好。

当初读《史记》，第一次知道你，你问汉朝使者："汉孰与我大？"当时我太小，和其他人一样，长期穿一样的衣服，戴一样的表情，和其他人一样，我也真心地嘲笑你：哈哈哈，井底之蛙，夜郎自大，傻逼啊，哈哈哈。

世事渐明，开始思量过去遭受的教育，重新读过去囫囵吞枣读下去的旧书，《论语》、《资治通鉴》、《曾文正公嘉言钞》、《史记》。再读到你，第一，觉得你冤枉。想当初，你在云南，山上有云，山下有湖，你吃着菌子，看着歌舞，一队穿着怪异的人远道而来，说来自汉朝，你问问汉朝和夜郎国相比，哪个更大，太正常不过了。第二，想想我亲历过的人和事儿，那些卓尔不群的傻逼人和那些匪夷所思的傻逼事儿，我忽然明白，在很大程度上，我们每一个人都是你，我们都是井底之蛙，夜郎自大。

随便给你举俩例子。

有一次去台北，吃完饭，朋友拉着，早春的夜里，几个人去光复南路一家茶馆喝茶。茶馆很舒服，家具混搭，装饰极繁主义，各种民国旧物、各种佛像、各种佛用的东西、各种字画，把空间堆得满满的，人坐进去，眼睛不够用。朋友和主人很熟，主人长得很帅，操软软的台湾普通话，用碗泡茶，用勺分，冻顶乌龙、东方美人、自家密制奶茶，非常好喝。一切都很美好，直到他开始说话："这些茶，你们在外边不可能见过，你们见过的东方美人都是假的。东方美人就几亩山地出产，这几亩山地都是我包的，每年我先挑，挑剩下的其他人再挑。其他茶，和我这些茶无法比。"一起去的几个人当中，有个人一直笑眯眯地喝，笑眯眯地看，笑眯眯地听，一句话不说。我偏巧知道，建国以来，内地最好的普洱茶和乌龙茶都长期控制在他管理的集团公司里，库里随便挑个好陈年七子饼，这个帅哥店主可能从来没见过。

有一次回北京，好手艺人云茂说去他库房看看他新做的家具。改革开放之后，云茂是第一批做老明清家具的人，买卖为主，也修，也为艺术家艾未未做那些大件小件的硬木怪物。前一阵，他和我说，他不做老家具了。我问为啥。云茂说，第一，他钱够花了，尽管钱不多，但是多了没用，还招事儿。第二，他嘴拙，不会卖，也不忍心骗。“真的老的黄花梨大马扎，常人看上去像烧火劈柴似的，几十万。假的新的，木纹都是画上去的，有卖相，当真的卖，几万，好赚。我下不去手。”第三，他眼花了，有气力的日子不多了，该干点更有意义的事儿，留下点啥，不只是重复做一把又一把四出头官帽椅。我问干点啥。云茂说，设计点有意思的新家具，样子是新的，细节都是老家具的榫卯，不用一根钉子。库房里是四件一组的书架，两米半高，四米多宽，简简单单厚实方格子。云茂说，用了四吨黄花梨。我说，好看，看了就想读书，起个名儿：恨不十年读书。云茂说，放书，也可以放几件古董，年头老些的，别放明清的。我照了个照片，贴到微博，收到一条评论：“我对这种每格的宽度和高度都是固定的书架真是讨厌之极，根本不能按照不同的书的规格机动调整，极其浪费空间，也不适于给书分类。貌似现在国内订做的话都是这种，想要几块活动层板要靠求的。不知道宜家的会不会好一点。”之后，又阐述了很多条，比如宜家太贵，等等。

的确，所有人都是井底之蛙，都是夜郎自大。所有人都受到个人认识的局限，天外有天，一个人力气再大，也无法拎着自己的头发，把自己拎离地面。但是傻逼和有常识的人类的区别是，傻逼不知道这点，有常识的人类知道这一点。就是这点可贵的自知，严格区分了傻逼和有常识的人类。

冯唐

21 大寿

四十岁：

你好。你好吗？你妈好吗？你们全家都好吗？

这四十年来，由着自己性子要，耕、读、琴、鹤、饮、食、男、女，太多想干，太少时间。好处是不烦闷，经历人生百态，每日拍案惊奇。坏处是时间过得太快，妈逼的，活着活着就老了。2011年5月，周岁就四十了，我就会和你见面。

自己给自己，好友给自己，准备了生日礼物。

第一，近三年来挤压睡觉和撒尿的时间，我在2011年春节前终于写完了用情色和哲学抗击中年危机的长篇小说《不二》，像千八百年前的鸠摩罗什一样，把汉语在一条小土路上开到三百迈，看看汉语的使用极限在哪里。我老婆说："以前说你写得不错，基本是附和别人的说法，这次我是真承认了。这本《不二》不是少儿不宜，是人类不宜。还有，你应该现在死掉，你就成传奇了。”

第二，其实我是个诗人。近两年持续大酒，酒大之后间或有小星星和长头发沉我溺我于湖底，湖底有诗句，用残留的意识强记，如今超过了百首，集成我第一个也是最后一个诗集《冯唐诗百首》。少年时代，看开明书局1926年出版的刘大白《邮吻》，作者写这些诗的时候，已经四十多岁了。当时我心想，真是臭流氓啊，难得的是当一辈子流氓啊，都这么大年纪了，还诗，还情诗。如今我心想，看来真是不能臧否人物，否则很容易有现世的报应。

第三，近十年，每年平均开两个专栏，积水成潭，李银河编辑整理了我的杂文精选集《如何成为一个怪物》，并序，过誉说：“希望读者和我一样，共同享受阅读冯唐文字的巨大快感，共同见证中国又一位杰出写作者的诞生。”

第四，二十二年在学校里，学习汉字、英文、人体、商业，近十多年在街面上，天天经历、揣摩、理解，平均每周工作八十小时，几乎没一天十二点之前睡觉，常识和见识基本在了。绝大多数的俗事儿，能看到，能想明白，能说清楚。

第五，机缘巧合，从文化期到晚清，各个时期古玉的典型器都有了，文化期和商周的高古玉居多。

第六，国航总飞行里程过了一百万公里。

第七，买了一个三十寸的H-IPS液晶显示屏，用来打游戏，怪兽的脑袋比我的脑袋还大。

第八，和老婆过了七年之痒，过了十年锡婚，回首向来萧瑟处，也无风雨也无晴，都在机场和会上，一个月见不了几面，神合貌离，同志加兄弟。

第九，亲友或者身体健康，或者死得其所。老爸老妈住上了有很多洗手间的房子，一人可以分到俩洗手间，一个大便用，一个小便用。老妈还是可以连续五个小时骂一个傻逼而中气不衰，老爸还是可以连续一天大分贝看网络情色视频叫床声响彻整个院子。他俩还是相互仇恨，放在一起，各发一把菜刀，三分钟内把对方砍死。但是我已经理解，那是他们保持活力的一种方式。

第十不列了，按麦太说麦兜的话就是：“得到的已经很多，再要就是贪婪。”

不用细想，失去的也不少。首先，身体老了。前几天，总觉得眼镜片脏了。肥皂洗净，擦干，不行。内省一下，近来肝火也不盛啊？忮心名心基本也安顿得挺好啊？才明白，不是心理问题，也不是眼镜的问题，是眼睛的问题，眼睛开始花了。前几年，连续六十小时没睡，发现鼻毛白了两根。这几天，发现鬓毛白了几根，眉毛竟然也白了一根。我老哥说："别急，会忽然一夜醒来，梨花开似的，胡子都白了。"体重虽然没有显著增加，但是身体松了，肚子鼓起来，面皮塌下去，无论怎么照，照片里都是个胖脸。前几年，能喝，也能吐。吐完，缓个一支烟，再看文件、念书、开会、写字，不影响。这几年，酒量不减，但是吐不出来了。一次大酒后，继续开会，领导还没总结完，我起立、鼓掌、走出会场。第二天醒来，完全记不得昨晚会上干了些什么，断篇了。又，心老了。不怎么热爱妇女了，老婆习惯性成亲人了，初恋幸福地二婚了，以前的花花草草都相夫教子去了，再看新冒出来的小姑娘们真的像看真的花花草草，我慈眉善目，我满脸安详。又又，能做的事儿似乎到顶了。文章上，诗是不再写了。我还是偏执地认为，一个男人四十岁再写诗和三十岁再尿床一样，是个很二的行为。我一个人的《二十四史记》还会写下去，但是无论是见识还是文字，我担心超越不了《不二》了。世事上，也到头了，之后能到哪里，和自身无关，看造化了。

两千多年前，人平均寿命不到五十，孔丘说，一个人到了四十，知道了自己能力的边界，能做什么和不能做什么，于是不惑。两千多年后，人平均寿命超过七十，孔丘说的依旧适用，这个老怪物。这几天冬去春来，换季节，睡得不安稳，昨夜醒来，看到你就倚在窗台边抽烟，生命就像一头驴一样蹲在你旁边，因为彼此熟悉、天人相知，驴血已经不滋滋作响。一时，我想，我想骑就骑，要下就下，打打小鸟、看看小星、码码小说，向死骑去而不知死之将至，一切挺好。

再问你妈好。

冯唐

22 大志

金圣叹老哥：

最近爽吗？你在黄泉，还常有盐菜和黄豆吃吗？

你对我影响挺大。你的影响不是来自你点评的《庄子》、《离骚》、《史记》、《杜诗》、《水浒传》、《西厢记》等等才子书，不是你秀才造反被杀头，也不是来自你对于汉语现代化的贡献，而是来自于你对于小事儿的态度。你的这种事儿逼态度，在我四十岁前后，相当程度地影响了我的人生观。

比如，我最近常常在思考一个小问题：痔疮，治还是不治？

我的中学体育老师有痔疮，持续疼痛，脸上常常露出思考人生的痛苦表情，犯病严重的时候，他脸上的表情仿佛刚看了一宿《作为意志和表象的世界》和《佛教逻辑》。他实在受不了的时候，坐在一个破硬质游泳圈上，在操场上晒太阳，督促我们绕着操场跑圈，他的痔疮在游泳圈中间悬空，不负重不受压，他的表情愉悦幸福。他说，如果游泳圈能透气，有风吹拂屁股，人生就圆满了。

虽然说十男九痔、有痔不在年高、无痔空活百岁，很久以来，我无痔地存在，在自己没得痔疮之前，我无法理解体育老师的痛苦和幸福。我的痔疮来得悄然无息，多年久坐、嗜辣、耽酒、不做提肛运动，一觉儿醒来，擦屁股的手纸上沾满鲜血。医生摸了一下，说，内痔，五点位，排除直肠肿瘤，是否手术，自己决定。

手术呢，听说麻药药力过后，一个月生不如死。为了防止伤口长死，塞棉条。每次换药，杀猪叫。一个月之后，如果继续久坐、嗜辣、耽酒，很可能复发。不手术呢，身上一直有个不愈合的伤口，流血的时候，染内裤，收口的时候，肿，痒，手碰了再抓东西吃，粪口传播，肚子痛，伤口持续接触感染污物，还有可能恶变。

如果是你得了痔疮，你治还是不治？你文字论述中和痔疮最近的是“三十三不亦快哉”中的一条：存得三四癞疮于私处，时呼热汤关门澡之。不亦快哉！我想，你八成是不治。

我类似的拧巴还有很多，全是因为各种不同的小事儿。比如锁两次房门，比如捡起地面上的杂物，比如睡觉前一定要小便一次，比如受不了事物在自己接手之后的破损和划痕。我也知道，东西是买来用的，用，就会有划痕，就可能破损。我也知道，是表面就有划痕和破损，哪怕是全新的东西，在十倍、二十倍、一百倍的放大镜下，表面也有划痕。我甚至知道，创造、保护、毁灭必须保持平衡，即使残酷，毁灭也是必须的，仔细端详，毁灭甚至是美丽的。但是我就是看着因我而生的划痕和破损，内心拥堵，百般不爽。

我长久地自我批判，为什么能看透生老病死、名利得失等等“大事儿”，明白一切大的人生道理，却病态地纠缠于这些芝麻小事儿？死都不怕，还怕划痕？为了克服自己的事儿逼，我曾经有意地长期戴一块被我醉后磕出一处划痕的手表，腰里拴一块被我失手摔残左眼的一等一汉八刀白玉蝉，期望心灵逐渐适应这种不完美，花落，水流，云去，气定神闲。结果是心烦气躁，踢狗骂猫，打坐没用，修行尽失，噩梦连连，梦里全是缺了一只左眼的白玉蝉，摔残的断面一夜一夜地在梦里刺眼。

对于类似的事儿，你的处理方式是：“佳磁既损，必无完理。反复多看，徒乱人意。因宣付厨人作杂器充用，永不更令到眼。不亦快哉！”简单说，眼不见，心不烦。

好吧，我是一个俗人，我离佛千万里，你对于小事儿的态度教育了我，我立下大志： 如果不影响他人，小处过不去，就不强迫自己过去了。大通达、小拧巴、事儿逼地过余生，就是我的大志。

痔疮不治了，留着解闷儿，肿肿、痒痒、痛痛，每月流血不止而不死，帮助我理解女生的痛苦，提醒我生命在肉身上时时刻刻地真实地存在。

冯唐

23 大奔

范陶朱公蠡：

见信好。

据传说，约两千五百年前，你功成名就之后，晓得鸟尽弓藏、兔死狗烹的道理，在月亮最圆、花开最满的夜晚，带着细软、团队和西施的胴体悄无声息地离开了会稽城，泛舟五湖，成为两千五百年来私奔的典范。《越绝书》这样记载："吴亡后，西施复归范蠡，同泛五湖而去。"

据报道，公元2011年5月17日早间，鼎晖创投合伙人王功权5月16日深夜在新浪微博发布消息称，放弃一切与人私奔。王功权这样表白："各位亲友，各位同事，我放弃一切，和王琴私奔了。感谢大家多年的关怀和帮助，祝大家幸福！没法面对大家的期盼和信任，也没法和大家解释，也不好意思，故不告而别。叩请宽恕！功权鞠躬。”王功权这样抒怀：“总是春心对风语，最恨人间累功名。谁见金银成山传万代？千古只贵一片情！朗月清空，星光伴我，往事如烟挥手行。痴情傲金，荣华若土，笑揖红尘舞长空。”

没见过你和西施的照片，不知道你们和此二王相比，谁更神仙眷侣，也没见过你给西施写的情诗，但是王功权的表白和抒怀浓过《越绝书》。

俗人，尘世间，谁不是在忙碌中希求放纵？谁不是在束缚中希求解脱？一时，为二王叫好的，被爱和勇气感动的，多于两千五百年来艳羡你和西施的人口总和。细想来，从有限的信息看，人家是主动放弃，你是知机，你是鸡贼。

但是，人真的能靠私奔彻底解脱吗？成年人彻底脱离社会环境、人生观和世界观、道德律和星空和基因，难度大于王八彻底脱离自己的壳，一身鲜血，遍体鳞伤，摇摇晃晃，娃娃鱼一样光着身子爬出来。

扯脱社会环境，难啊。

收到王功权高调私奔微博的时候，我正在香港湾仔出入境大楼里办各种诸如智能身份证啊、签注啊、护照啊等等无聊手续，包里还有十来张各种信用卡啊、借记卡啊、里程卡啊、酒店积分卡啊、口岸出入证啊、就医卡啊，一本薄薄的小说和一叠文件，电脑里还有几十个邮件没看，还有2010的税单没来得及填。大学毕业之后，自己开始管自己，和社会发生的关系越来越多，人也越活越麻烦。尝试过各种办法减少麻烦，碰得一头大包之后，发现，最省事儿的方法是耐烦：整理好这些麻烦，心里放下，世界安稳。读完王功权这个微博的一瞬间，我想，天下如此之小，私奔到哪里能没有这些麻烦呢？俩人只穿头发和彼此能遮体吗？俩人只吃彼此的身体、只喝彼此的口水能果腹吗？不给现金或者信用卡，酒店能让他们住吗？他们到底是私奔还是只是去国外长期旅游啊？

扯脱人生观和世界观，难啊。

我用新浪微博之后，深切地体会到人和人是不同的。哪怕你摆出最浅显易懂的道理，还是有无数傻逼跳出来反对，以此显示自己多么与众不同，何况你亮出不是那么明确的对错。王功权私奔之后几天，骂声渐起。王功权尽力辩解，希望全世界所有人都爱他，祝福他，赞美他的私奔。未果之后，王功权在微博长叹："年近半百，很多问题真不清楚，有些问题想问而不敢问：爱情能是完全理性的吗？婚外恋就一定不是爱情吗？爱情必须以婚姻为目的吗？如果没有爱情的婚姻不道德，那么没有婚姻的爱情也不道德吗？爱情该接受道德的审判吗？一个人能先后爱上两个人但能同期爱上两个人吗？”一个人，已经血淋淋地爱了、做了、跑了，还在乎这些世俗的世界观和人生观？如果还是在乎，跑到哪里不是雨？长期形成的世界观和人生观仿佛绳索，绳索不除，所有的努力只能让绳索把身体勒得更紧。

扯脱道德律和星空和基因，更难啊。

范蠡你当初在春天的溪水边看到西施，用自己的男色和爱国主义和物质享受说服西施成全美人计，把她送到吴国去。你和西施私奔之后，安定下来，再到春天，再临溪水，西施心里恨不恨你？想不想一脚踹你到水里？想不想起对她无限眷恋失了江山的吴王夫差？你回想起亲自送西施去吴王夫差的床上，有没有暗自骂自己是畜生？你再从后面抱西施的时候，有没有猜想吴王夫差是用什么姿势抱她的后腰？西施老去，看到新一批西施初长成，你有没有再次想起初次遇见西施的那个春天，那条溪水，你胯下有没有再次肿胀？

所以我宁愿不相信你能扯脱，我宁愿相信《越绝书》是伪书，我宁愿相信《史记》的说法：你离开越国北上，带领团队来到齐地，“耕于海畔，苦身戮力，父子治产，居无几何，治产数十万。”《史记》里没有西施。

俗话说，王八，你以为脱了坎肩，我不认识你了？话糙理不糙。

冯唐再拜

24 大喜

苏东坡、金圣叹、梁实秋并林语堂：

几位常住天上，欢喜多不多？

最近天热，人间大事大灾太多，用心太过，心绪不宁。随手翻闲书，专拣浅吟低唱，徐缓从容，连续在各位的集子中翻到各自的私房小事。苏东坡兄写过赏心乐事十六则，金圣叹兄写过不亦快哉三十三则，梁实秋兄写过不亦快哉十一则，林语堂兄写过来台后二十四快事。小事往往有大意思，世变时移，人心或不同，列下我的欢喜三十六则，四位大德哂之。

其一，读《曾文正公嘉言钞》，和《论语》比较，同样零乱无体系，但是丰富很多，一切在现世做正经事儿遇到的心灵困扰都有指导，可以常翻。于是欢喜。

其二，大处明白，小处糊涂。蔑生死，但是担心两天之后的会议结果，怕今晚在房间里的蚊虫和蛇蚁。连续数周无休息，决定，今晚剩下的三个小时，不务正业，饮酒，唱“石庭梅欲发，须放酒船行”，逛网，心怀偷闲的愧疚，早早睡。于是欢喜。

其三，得闲剪了四爪的指甲和趾甲，鞋跟打了新掌，昨夜黑甜睡，冲了个澡，可以再上路。于是欢喜。

其四，经过一年半的软硬兼施、会里酒里、死磨硬泡，原来字典里只有“补贴”、“专项”、“接待”、“技术路线”等词汇的人，竟然开始讨论“客户”、“对手”、“协同”、“边际贡献”。古话说，有办法把马拉到河边，没办法逼马在河里喝水，但是把马拉到河边，它在河里喝水的概率大了很多。于是欢喜。

其五，天光亮，自然醒，雨还没停。不必赶早班机，之后二十四小时也没有一定要做的事情。于是欢喜。

其六，在外三天，连续应酬，邮件积累数百，心中猫抓狗吠。一巨杯浓普洱，三个小时，邮件全部杀完，东方未白。于是欢喜。

其七，听后辈当众讲文件如水银泻地，事清理明，顺畅无碍。于是欢喜。

其八，数十年来，无论白日里动再多脑子，看再多书，干再多事儿，倒头便睡，无鼾，少动。于是欢喜。

其九，拖了三个月之后，整理硬盘完毕，众神归位，秩序井然。于是欢喜。

其十，和人闲聊，听她说起最近非常烦一个二逼，但是又不好意思表白。是时，她的手机响起，正是此二逼，我抢过她手机，用街面脏话痛骂那遥远的二逼，十分钟后把手机交还给她。她又听了一会儿，挂断，大笑，告诉我，那个二逼问我是谁，还说他错了。于是欢喜。

其十一，忍痛花大价钱买最好的Leica相机和光圈最大的镜头，在暗处对焦那人的瞳孔，抓她最本真的一刻。门外汉照出的照片强于专业摄影。于是欢喜。

其十二，淘汰用了三年的旧电脑，新电脑开机如眨眼，运转如疾风，身心随之一轻。于是欢喜。

其十三，累了，再挺挺，还有小星，于是不累了。于是欢喜。

其十四，偶尔因为自己不是常规好人而怅然，耳闻一老哥四十年后重返被下放的乡下，发现该死的都没死，不该死的都死了。不死的都是赌鬼、色鬼、酒鬼。于是欢喜。

其十五，事物无定型，文章无定法。眼中之竹不是园中之竹，胸中之竹不是眼中之竹，手中之竹不是胸中之竹，纸中之竹不是手中之竹，受众胸中之竹不是纸中之竹。唯求意气无边笼罩和一时一点的对焦。于是欢喜。

其十六，写长篇小说，连续三年，断续努力，如长期负重登山，如长期负债衣食住行。一个春节，大雪封门，关电视，关手机，关网，吃简单食物，饮浓茶，七天三万字，小说总体过八万字，突破最难的极限点，猪肚丰腴，节后从容收豹尾。于是欢喜。

其十七，酒大之后，看几个人比谁挣的钱多，比谁管的人和资产多，比谁的红酒和手表更好更贵。我说，谁和我比背诵《唐诗三百首》啊？如果中国人口中十分之一能背一百首唐诗，我们还怕谁啊？四周静寂。于是欢喜。

其十八，面皮薄，答应太多，欠文债数篇，一夜写完，身轻如燕。于是欢喜。

其十九，北京秋天大风雨之后，天蓝得吓人，白天狗狂叫，晚上星星贼亮，逼人思考人生终极意义。想来想去，人都有初生，都难逃一死，中间轨迹，浮云过眼，飞鸿留指爪。鸡蛋里挑骨头，无意义中挑有意义，想起文学。关于文学，有个非常好的定义："它试图通过一个人的故事，令古往今来所有人的故事浮现纸面。" 写这一个人的故事，是我命中最有意义的事儿，所以不想了，做就是了。于是欢喜。

其二十，一年奖金买一小块高古美玉，摸搓不已，遥想玉工当年，不觉一天过去。玉放枕边，人昏头睡去。于是欢喜。

其二十一，失手，玉残，补金补银，改成首饰送人，眼不见，心里不再纠结。于是欢喜。

其二十二，老哥哥生日的当天，院子里西府海棠花初开，天冷酒热，花纷纷粉粉白。于是欢喜。

其二十三，人不可能永远尿那么老高。趁着能尿的时候，我尿得老高。于是欢喜。

其二十四，听几个中年男女一脸严肃谈禅，他们说，术语叫打机锋，我听成“打飞机”。心里暗想，打机锋和自摸的确很像：自己暗爽，觉得接近生命的欢喜真相；外人看着，觉得莫名其妙。于是欢喜。

其二十五，连日大酒、长会，说话伤神。酒桌上一个胖子不喝酒，兴致也高，滔滔不绝，言语不俗，绝不冷场，省我力气。我埋头吃面，微笑饮酒而已。于是欢喜。

其二十六，苦劝老爸不要将榴莲从香港带进深圳关口，深圳也有卖的，也好吃，也贵不了多少。老爸不听，说口感不同，进海关时被无情没收。于是欢喜。

其二十七，老妈忽然看着她养死的花说，人生短暂啊。我趁机诱导说，是啊，想开吧，你没几年了。老妈马上回归原态，说，你也没几年蹦跶了，孙子。于是欢喜。

其二十八，机场，有一猥琐男插队加塞，我做金刚状怒目相向，猥琐男叫嚣，我施言语般若，在周围群众的协助下，让他理屈词穷，自己一头汗，一身轻。于是欢喜。

其二十九，忽然暑至，翻检旧衣物，一条中学时候的休闲短裤，当时贴身显腿长，二十年大肉大酒大坐后，套上，腰部稍紧而已。于是欢喜。

其三十，大酒喝到身体摇晃，勉强不坠地，一时，脑壳里杂乱沸腾如重庆火锅，似乎见一奸人在面前，无遮拦狂骂，骂到奸人消失，又狂发短信和微博，又抓笔抓纸写诗。次日酒醒，头痛如上紧箍咒。电话给那奸人，侧面了解，发现奸人昨晚不在，全是幻觉。查短信和微博记录，完全没有，昨晚手机早已没电。查床头，纸笔还在，字迹尚可辨认："春水初生，春林初盛。春风十里，不如你"，诗句大好。于是欢喜。

其三十一，一时，放松之后，大方便，清空数斗渣滓，再称体重，轻了五斤。于是欢喜。

其三十二，渐渐喝得出好红酒和差红酒，但是不知道如何形容。一时，发现好红酒，特别是旧世界的好红酒，都有穿了几天的内裤味道，于是有了终极的简单描述方法。于是欢喜。

其三十三，长期饮酒，体检B超怀疑肝癌，两周后复查动态加强MRI，非也非也，是门静脉，小馆喝大酒自贺。于是欢喜。

其三十四，朝闻道，夕可死。一夜梦醒，山小如掌，月大如窗，心漏如桶底脱落，一时，水落干净，万事扯脱，心无凝滞。于是欢喜。

其三十五，朝言道，夕可死。万物生长三部曲写完，《唐诗百首》编定，《不二》印出，不是常见的书，之前的汉语里没有，后面来者在哪里？大丹已成，人力已尽，使命已达，之后的生前身后就不归我闲扯鸡巴淡操心了，夕阳无限好，随时落山，随时死掉，随时好安眠，无可无不可，一切坦然。于是欢喜。

其三十六，写自己想写的千字文，一个时辰写毕，义理考据辞章具足，心中烦恼皆散。于是欢喜。

欢喜三十六则，凑凑热闹，余不一一。

冯唐再拜

25 大势

2029年*GQ*简体中文9月刊：

你好。

今年2011年，今年我四十岁。老姐说我半生热爱妇女，她逛加州伯克利大学附近的旧书店，找到了一个送我的完美生日礼物：一本老杂志，*Playboy*二十周年纪念刊，1974年1月出刊，彩色印刷，294页。到了2029年9月，如果*GQ*中文版还出刊，也可以纪念二十周年了，你就可以看到这封信了。

1974年，日本战败、二战结束了近三十年，中国在1966年之后过了八年，中国离1976年还差两年，世界离1981年第一台个人电脑出现还差七年。那年，我在北京，三岁了，那时候的鸡鸡也没怎么发育，那时候的记忆基本都消失，只记得那年夏天很热，傍晚，暑气不散，皮肉发黏，大家在槐树下乘凉，一个大妈，几百岁了吧，和男人一样赤膊，右手从下托起耷拉的双乳，左手摇动蒲扇，给双乳下红热的皮肤驱汗。

1974年这个*Playboy*二十周年纪念刊，封面是黑底上一只肉粉的女人手，伸向兔先生白色的领结，翻开，封二是没了领结的兔先生看着戴着白色领结的大胸妹。基本内容是：创始人Hugh M. Hefner的长篇访谈，含梦露扬起右臂撑起左臂经典全裸照的二十年*Playboy*美女照片精选，二十年来*Playboy*杂志的美好记忆，讲海蒂和非洲的文章，货币体系和美元危机，六十年代的活跃分子，一种分裂美国的性变态，Wurst-Besser性测试，婚外性生活的科学分析，有组织犯罪的历史，等等。当然还有金发美女，而且很多，而且都肥瘦自然，不一味枯瘦。竟然还有短篇小说，竟然还有不只一篇，竟然还都是一流名家，Saul Bellow, Vladimir Nabokov, John Updike, Sean O’Faolain。那时候的时尚杂志似乎都是文化杂志，不需要特别号称是偏文化的时尚类杂志。

近四十年之后出版的2011年*GQ*简体中文两周年纪念刊与之相比，576页，厚了不止一倍，也有911特集、药家鑫案、西湖龙井相关的风雅生活、性玩具、独一无二的酒店、不少专栏、一些穿得不多的美女、年度人物介绍，没有露点，没有小说，多了器物，车、手表、电子玩意儿，多了吃的和喝的，多了衣服，多了很多衣服，到处是衣服，衣服，衣服。

1974年这个*Playboy*二十周年纪念刊，当然还有广告，很多广告。广告的基本类型是：磁带和录像带，电器，几乎全是日本的，Pioneer、Canon、Panasonic、Minolta、SONY，香水，Chanel，避孕套，酒店；很多酒，Chivas、Dewar、Puerto Rican、Johnnie Walker、Paul Masson、J&B、Canadian Mist；很多很多香烟，Viceroy、Winston、Kent、Camel、Marlboro、Salem。

近四十年之后出版的2011年*GQ*简体中文两周年纪念刊与之相比，当然也有广告，很多广告。广告的基本类型是：手表，电脑，香水，笔，一点点酒，没有香烟，很多车，很多衣服，很多衣服，很多衣服。

电子的力量可怕，压力之下，*Playboy*也几乎死过一回，现在的订阅量不足四十年前全盛期的二分之一。*Playboy*新总裁卡明斯基说："真实的情况是想要色情内容的人不会来我们这里，这已经有很长时间了，我们更像是《纽约书评》而不是破产的《阁楼》。"2008年，那时候iPad还没出，我不相信电子书能有足够好的阅读体验，把新小说《不二》的电子版权一卖就卖了十年。2010年，用飞机上零散的时间，我在iPad上完整阅读了麦克尤恩的第一个短篇小说集，心里一凉，纸媒要完蛋。电子书已经能提供百分之六七十的纸书阅读体验，还能随时查生词，还便宜，还超级便携。再过二十年，同一内容，电子媒介一定超过纸质媒介，销量比例或许能到八比二。纸媒不会死透，但是会变得很贵。

2029年，相信还能见到你。希望能看到你里面能有当下的吃喝玩乐、衣食住行、凶杀色情，有恋物和皮相之美，有简单而美丽的设计，有天然而美丽的姑娘，也能保留一些冷僻的、细小的、安静的、时间之外生命之内的声音，仿佛一棵树，除了叶子和果实和花，还有地下的根、地上的茎、果实腐烂之后留下的种子。

余不一一。

冯唐再拜

26 大医

希波克拉底:

见信好。

1990年到1998年，我在协和医科大学认真学过八年医术，正经科班念到医学博士，从DNA、RNA到细胞到组织到大体解剖，从生理到病理到药理，从中医科到内科到神经科到精神科到妇产科。十多年前，学完八年医术之后，饮酒后，呕吐后，枯坐思考后，我决定不再做医生。

当时决定不做医生，主要有两个原因。

第一个原因是怀疑医生到底能干什么。

学医的最后三年，我在基因和组织学层面研究卵巢癌，越研究越觉得生死联系太紧密，甚至可以说，挖到根儿上，生死本来是一件事儿，不二。多数病是治疗不好的，是要靠自身免疫能力自己好的。我眼看着这三年跟踪的卵巢癌病人，手术、化疗、复发、再手术、再化疗，三年内，无论医生如何处理，小一半的死去，缓慢而痛苦地死去，怀着对生的无限眷恋和对死的毫无把握，死去。

第二个原因是担心做医生越来越艰难。

其实，学了一阵儿医之后，我基本明白了，医学从来就不是纯粹的科学，医学从来就应该是：To cure, sometimes. To alleviate, more often. To comfort, always.（偶尔治愈，常常缓解，总能安慰。）我当时担心的是，这么做，除了救死扶伤的精神愉悦之外，医生还能收获什么？完全没有足够的经济基础，医生又能精神愉悦多久？人体组织结构和解剖结构之上有疾病，疾病之上有病人，病人旁边有医生，医生之上有医院，医院之上有卫生部和发改委和财政部，医院旁边有保险机构，保险机构之上有保监会和社保部。在现代社会，医生治疗病人，从来就不是一个简单的商业活动。在医疗卫生上，国内强调平均、平等，“全民享有医疗保健”，强调计划调节、远离市场。“药已经那么贵了，就只能压低医生的收入，医院就只能以药养医。”美国的医生收入好些，但是，不但诉讼横行，而且也不能从根本上解决公平和效率的平衡问题："如果新生产出一种救命的药物，成本十万，定价一千万，合理吗？应该管吗？新药定价一千万，是应该给付得起的病人吃呢，还是应该给所有有适用症的病人吃呢？美国百分之三十的医疗费用花在两年内要死的人群上，合理吗？"

医学院毕业之后，不碰医疗十多年之后，现在主要的卫生指标（平均寿命、新生儿死亡率等等）越来越好，医疗环境却似乎越来越令人担忧：整体素质加速变差的医护群体，将多种不满发泄到医护个人身上的加速老龄化的病人群体，只凑热闹、但求耸人听闻、基本不深入思考的自以为是的媒体。

和过去一样，医学生继续穷困，继续请不起美丽的护士小姐吃宵夜。和过去相比，小大夫更加穷困。房价比过去高五倍到十倍，原来在北京三环边上买个二三十平方米的小房子，骑车上下班；现在在"泛北京"的河北燕郊买个二三十平方米的小房子，太远，骑车上下班不可能，怀孕了，挤地铁和公交怕早产，想买个QQ车代步，北京市车辆限购令出台了。小大夫熬到副教授，医院里同一科室里的正教授还有四十多名，一周轮不到一台手术，每次手术都是下午五点之后开始。和过去相比，大大夫的挂号费涨了点，还是在一本时尚杂志的价格上下，一上午还是要看几十个病人，还是要忍尿忍屎忍饿忍饥，每个病人还是只能给几分钟的问诊时间。继续像战时医院或者灾后医院，从黑夜到白天，大医院到处是病人和陪病人来的家属，目光所及都是临时病床和支起的吊瓶。病人继续不像人一样被关怀，没有多少医生能有时间和耐心去安慰、缓解、治愈。

和过去不一样，除了穷困，医生开始有生命之忧了，个别享受不到基本服务的病人开始动手了。“几年前我们还只是隔几个月激愤一次，现在已经变成每隔几天就要激愤一次了。一个月的时间，一个医生被患者砍死，一个医院主任生殖器被踢烂，人民医院某主任被殴打至骨折，南昌医闹与医生百人对打……”“鉴于人身安全越来越受到威胁，我们科的医生已经准备组团学习功夫了，教练提供的选择有：咏春拳、跆拳道、搏击、散打。不知道该学哪个？”

病痛这个现象和生命一样共生，医生这个职业同刺客、妓女和巫师一样古老。如何能让医生基本过上体面的生活？如何让病人基本像人一样有尊严？我重读你两千四百年前写的医生誓言，寻求答案。

两千四百年前，你发誓：“医神阿波罗、埃斯克雷彼斯及天地诸神作证，我，希波克拉底发誓。”

所以，第一，医生要存敬畏之心，敬神、敬天地、敬心中的良心和道德律。哪怕面对极端穷困的利刃，哪怕面对病人的利刃，都不能忘记敬畏之心，要有所不为。

两千四百年前，你发誓：“凡教给我医术的人，我应像尊敬自己的父母一样，尊敬他。对于我所拥有的医术，无论是能以口头表达的还是可书写的，都要传授给我的儿女，传授给恩师的儿女和发誓遵守本誓言的学生；除此三种情况外，不再传给别人。”

所以，第二，医术是门手艺，医生要延续这门手艺，要精诚团结，要彼此亲爱。

两千四百年前，你发誓：“我愿在我的判断力所及的范围内，尽我的能力，遵守为病人谋利益的道德原则，并杜绝一切堕落及害人的行为……无论到了什么地方，也无论需诊治的病人是男是女、是自由民还是奴婢，对他们我一视同仁，为他们谋幸福是我唯一的目的。”

所以，第三，病人的利益高于医生的利益。病人首先是人，病人在病痛面前一律平等。医生不应有任何差别之心，病床上、手术台上没有贫富、贵贱之分，医生尽管不能保证病人享受同样的药物，至少能保证给予病人同样的安慰和照顾。

在你的誓言之外，我想，为了“让医神阿波罗、埃斯克雷彼斯及天地诸神赐给我生命与医术上的无上光荣”，医生还要有足够的收入。任何好的发展中国家的医疗体系都采取双轨制，不过分强调绝对公平，在保证基础医疗的同时，提供高端医疗服务满足差异化的医疗需求。我坚信，在这个每年为LV贡献百分之二十五销售额的经济高速发展的国度，有足够的人愿意为自己的医疗付出合理的价钱。如何建立此双轨制，这里不一一细讲。

在制度、体制和世风基本改变之前，我还是建议医生面对利刃要学会保护自己，苦练逃跑。每天研习医术的同时，研习凌波微步和五十米加速折返跑。为了逃跑方便，建议参考胡服骑射，变白大衣为白长裤。

希波克拉底，你有更好的办法吗？

冯唐再拜

27 大定

唐僧玄奘：

你好啊。

在刚过去的十月，作为一个十八个月在职培训项目的第二模块，我被要求走了三天半你西天取经曾经走过的一段路。这段路应该是你刚刚离开当时的大唐国界走的第一段路，从甘肃瓜州塔尔寺到六工城，再到白墩子，折线距离一百一十二公里，据说你那个时候叫莫贺延碛，黑戈壁、雅丹、沙漠、盐碱地、丘陵等地形应有尽有。

毫无意外，天气一直不好，太阳落山之后，穿三层还冷，屎大量地躲在温暖的直肠里，嫌外面太冷，死活不愿意被拉出来，硬逼它，它探出点头，又死活缩回去。太阳出来之后，走两步就开始出汗，野外四天没有洗漱用水，四天之后回到了文明世界，缓缓扯下内衣和内裤仿佛伤口换药，汗碱在身体上蜿蜒成斑马线。不管太阳落山还是出山，风一直在，七八级吧，卷起细小的砂石，抽脸，撞腰，封外耳道。睡觉前撒野尿的时候，风显得特别大，逆风尿，尿到自己，顺风尿，尿到十几米外另一个撒尿的队友。我轻敌了，没带登山鞋，行走的第二天，穿着慢跑鞋，一脚踩进骆驼草旁边松软的土窠子里，右膝盖扭伤，后几天用腹肌拖拽瘸腿，走完全程，最后一天，膝盖完全不能弯曲，上下一个十米的小坡儿都是酷刑。

这三天半创造了我很多人生上的第一次，而且，我想，这些第一次也可能是我人生中的最后一次：比如连续四天没看一页书，比如连续四天没刷一次牙，比如和同一个中年男人连续四天身子挨着身子睡在一个两平方米的帐篷里。

走这个玄奘之路的主意是个严肃的黑胖子出的。他知道的野外行走知识比其他所有人加在一起的还多，比如如何使用GPS和对讲机和水袋、如何识别方向、如何调整呼吸、如何避免水泡等等。他的装备比我们的都好，帽子比我们的更遮阳透风，内裤比我们的更速干保温，GPS的电池比我们的更持久，等等。他就是走得慢，非常慢，越来越慢，我拖着瘸腿从他身边超过，用不瘸的腿踹他一脚，其他人一一从他身边超过，也一一用不瘸的腿踹他一脚。我们一致的结论是，胖子变得黑了和严肃了之后，就变得找踹了。

行走中，不是没有美好的瞬间，其实，这些瞬间因为行走的艰苦而变得无比美好。

比如，失去方向之后，勉强辨认足迹和车辙，走过去，快失去信心的时候，再坚持一段，忽然看到前面山头上的红旗。比如，小组六七个人，疾行三个小时，倒在一个阴凉的小山坡上休息五分钟，过山风吹过裤裆，空气酥软，觉得肉体美好，兄弟单纯，生和死像裤裆下的石头一样普通而实在，你可以一屁股坐在上面，也可以拍拍屁股离它而去。比如，一天行走八个小时，提前大部队三五十分钟到达营地，提前搭好帐篷，在帐篷上晒晒睡袋，敞开衣服，透透汗，喝杯热的锁阳茶，太阳在身边一寸一寸落下。比如，夜里，营地灯灭，一时风缓，爬出帐篷，银河横贯天庭，天际线附近的星星大得吓人，亮得惊心动魄。

在这样一个环境里，行走，休息，再行走，我忽然明白，《西游记》说你总是遇上妖魔鬼怪，其实，那些不是妖魔鬼怪。妖魔是各种坏天气和倒霉地形，妖精是梦里摸你各种凸起的各种女人，你只是一路行走而已。

就只是一路行走。

在具体行走的过程中，一旦迈开腿，走出一段之后，就什么都不想了，不想种种苦，也不想种种乐，只是走。走，千万里带去的相机没想到拿出来，平时五分钟看一次的手机不用了。走，脑子里的东西越来越少，渐渐听不见风声，感觉不到阳光，想得开和想不开的都如泡沫破掉。走，灵魂渐渐脱离身体，看着双腿在运动，看着双腿站在灵魂之上，踏着云彩，轻盈向前，身体似乎没了体能的极限。这种在行走中逐渐做减法而生出的“定”字，是我行走的最大的收获。

很多时候，选择就意味着放弃，选择之后摇摆就意味着浪费。既然见了，选了，就定了，就做了，就坚忍耐烦，劳怨不避，穿越一切苦厄，使命必达。傻一点，混一点，简单乐观一点，是更高层面的智慧。

你翻译的《心经》里有句话：“心无挂碍，无挂碍故，无有恐怖，远离颠倒梦想。”我小时候没读《心经》之前，自己送给自己一个混江湖的九字真言，和这句《心经》吻合度百分之八十：“不着急、不害怕、不要脸”。

行走的第二天，我们横穿一条高速公路。靠近收费站的地方，有个瓜摊，卖瓜干儿。买瓜干儿的，免费吃瓜。我们买了瓜干儿，吃了鲜瓜，快上路的时候，那个装备和理论都很丰富的严肃的黑胖子远远地走出地平线。卖瓜的姑娘远远望着他，说："像你们这样行走的傻叉，今年是第三拨儿了，还交钱走，给我钱，我都不走。"

你在初唐走过莫贺延碛，见过这位简单、坦诚、阳光的姑娘吗？

冯唐再拜

28 大闲

李渔：

又快过春节了，给你写封信。

我有了互联网之后，上网找的第一本小说就是你的《肉蒲团》。在读《肉蒲团》之前，我已经看过多部纯器官重口味黄书，或工或草，抄在或大或小但是印着“工作日记”四个红字的本子里。初读《肉蒲团》觉着非常新鲜，不是因为色情描写，而是因为喜欢你写这本书的态度：压着压着，笔压不住了，满纸霳出斗大的芍药花。还有，就是发现你喜欢的体位和我当时喜欢的体位类似。再有，就是喜欢你写这本书的长度，不到八万个汉字，二十回，意尽而止，洗手喝酒。中文本来就缺少长篇小说的传统，在我的阅读范围内，包括《金瓶梅》、《红楼梦》、《三国演义》在内，除了你这本《肉蒲团》以外，其他中文长篇无一不冗长拖沓。除了你之外的所有作者都狠呆呆地认定，能否不朽就全靠这一本书了，一身学问、脑汁儿、胆汁儿、泪珠儿、汗珠儿、鼻涕，对着这一本书，往死里吐，往死里填，往死里整，完全不顾姿势。

十年之后，再读你的《肉蒲团》，我的见识提高了，你的光环不在了。你也是唠唠叨叨，而且认识水平低下，离佛千万里。全书总共二十回，论证自己是佛教启蒙读物而不是黄书就用了前三回，宣扬使用女人伤身体又用了三回，赞叹因果报应又用了三回。为了中文不朽，去年春节之前，我写完了《不二》。《肉蒲团》负责满足人淫邪生理，《不二》负责安慰少数人因为淫邪生理的各种不顺而产生的心理抑郁和中年危机。四百年后，人民会说起，“金、肉、不二”。尽管作为一个艺术家，你招招下三路，四百年后，看《不二》的人会比看《肉蒲团》的人多。四百年后，满足淫邪生理的手段多得不得了，能抚慰心理抑郁和中年危机的手段依然很少。

文章千古事，得失寸心知。即使得道，“法尚应舍”，文字打败时间终究也是妄念。快过节了，给你写信，不向你讨教文章，向你讨教清闲。

作为一个艺术家，你自编自导自演了很多迎合尔时世俗的戏剧。如今，在人们心中，这些戏剧基本都消失了，现在的人记不得任何一句。作为一个对于品质有真正理解和毫不妥协的人，你写了一部《闲情偶寄》，编了一部《芥子园画谱》，如今，还有人看。你在《闲情偶寄》中谈居室、器玩、饮馔、种植、颐养，你的文字不如张岱、余怀，但是实战经验和实操能力远胜，后世做会馆的，创造享受清闲氛围的，都该向你学学。

我常年在路上奔波，偶尔也去过一些有名的会馆，没一处完全满意。有时候也能吃口爽口的，有时候也能看眼悦目的，根据这些碎片儿，提出几点要求，如果都能做到，或许能是个好会馆。

第一，要能舒服坐着。不要全部明式椅子。明式椅子是干活用的，是给眼睛享受的，不是给屁股消沉的，正襟读圣贤书可以，危坐求禅定可以，歪着舒服不行。“无事此静坐，一日似两日”，生动地描述了明式硬木椅子坐着难受、度日如年的感觉。最好是“文革”苏式老皮沙发，宽大、平稳，皮子已经被很多人的屁股在漫长的岁月中磨得发毛，坐上去痔疮被充分安抚。

第二，要有书翻。一些会馆买成套的垃圾书摆在书架上，这些书的书名通常包括世界、中华、全集、总集、名著、名人、哲学、历史、文学、一生中等等字样。还有一些会馆摆在书架的干脆就是假书，纸板做的，纸板上一个书名。其实，在很短的时间内，花费不多，也能显得有读书历史。去伯克利大学附近的二手书店，去琉璃厂和东四的中国书店，别管书名，买几千本旧书，五颜六色，大小不一，胡乱摆在书架上就好了。

第三，要有古董。不用追求国宝，但是要追求真，有古代工匠的精气神儿。不用摆满仿造的半米高红山C龙和良渚玉琮，摆个简单的西汉素面玉璧就好，哪怕残器都好。

第四，要有现代艺术品。不要满墙假启功、假范曾、假陈逸飞、假艾轩，也不要满墙光头、笑脸、面具、绿狗。装置也好，绘画也好，摄影也好，作者最好还没怎么出名，但是确实眼毒手刁，尚无匠气，做出的东西摄人心魂。

第五，要有壁炉，哪怕是烧燃气的电控假壁炉，哪怕壁炉前面没有趴着一条老狗。

第六，要有酒喝。要有物超所值的红酒喝，一百块喝到“水果炸弹”，三百块喝到“动物荷尔蒙”，八百块喝到“内裤味道”，而不总是上万块的拉菲、拉图、木桐、玛歌。如果空间够，专才可得，最好也有茶，有咖啡。

第七，要能抽烟。会馆不是机舱，喜欢抽烟的人花了钱，有权在不影响他人的前提下享受自己的感官。抽烟的地方最好露天或者接地，露台或者天井，不是封闭的、仿佛厕所的地方。

第八，要有花草。不必名贵，长得茂盛、红红绿绿就好。

第九，要有机会听到不同的冷僻的声音。偶尔，看机缘，可以在会馆遇见没有大师称号的异人讲他的世界观和人生观，冲击我的小宇宙。

第十，要能吟唱。小范围现场的吟唱有原始的杀伤力。我听过一个状若南海鳄神的男人吟唱一首状若寻常巷陌的诗，我听得血汗停止流动，坐地飞升。我想，李白当初酒高了，不上天子船，酒馆里小范围现场吟唱《将进酒》，听众啥感觉？

第十一，要有无线高速宽带。最好Google能自由使用，WSJ的网站能自由访问。

第十二，要能祈祷。

第十三，要能捏脚。

即使有了这样的会馆，一年能去几天？一生能去几年？人已经渐渐习惯了常年在路上，生命中基本铁人三项：坐飞机、开会、喝应酬酒，身如陀螺。但是如果有了这样的会馆，心不容易烦，静如处子，安逸温暖。

冯唐再拜

29 大鬼

我身体里的大毛怪：

你好啊。

不知道从什么时候开始，你就一直在我身体里。你否认也没有用，我知道你一直在。

我不是一开始就知道你在那里。两岁前，我没啥个体意识，没啥感情，没啥审美，没啥记忆，没名，没利，没关系，没涉足江湖，没啥和其他屁孩儿不一样的习惯，困了睡，饿了吃，渴了喝，睡美了吃爽了喝舒服了就乐，得不到就哭，哭也得不到就忘记了，在一个无意识的层次，和佛无限接近。现在想起来，小孩儿也可怜，虽然和佛接近，但是全无力量，任凭大人摆布。我在机场见过小孩儿死命哭，要妈妈买巧克力，妈妈终于买了巧克力，小孩儿哭得更厉害了，因为妈妈打开包装自己把巧克力当着小孩儿面吃光了。我和我很小的外甥同挤一个电梯，他比我膝盖高不了多少，小脑袋从下面顶着我屁股眼，我忍不住放了一个缓慢的不响的臭屁，我感觉他的小手一直死命推我屁股，但是死活推不开。两岁之后，我开始会说话，眼睛到处乱看，耳朵随时倾听，我估计是从那时候开始，你睡醒了，开始生长，一刻不停。

我偶尔想，其实，在我会说话之前，甚至在我出生之前，你就在了，你是老天派来卧底的。这个议题太深了，以后再说。

你成熟得比其他人身体里的大毛怪晚。高中之前，我看书、上学、睡觉，食蔬饮水，三年不窥园，很少差别之心，事物只有品类之分，没有贵贱之分。比如，那时候，我知道运动鞋和凉鞋是有区别的，但是我不知道运动鞋还有耐克和双星的区别。那时候，在北京分明的四季里，我用同样的心情听见白杨树在四季里不同的声音，我很幸福。

在我的记忆里，有三个阶段，你疯狂生长，如雨后春笋，如万科盖楼。三个阶段过后，你啥都明白了，你成了大毛怪。

疯长的第一个阶段是高中，我开始意识到美丑，不再让我爸给我剃平头，留了个长长的分头，把眼睛遮起来。偶尔偷穿我哥的夹克衫，穿着的时候，耳朵里基本听不进任何老师的讲课，耳朵一直听到你这个大毛怪高喊："我今天穿了一件帅气的夹克衫。"我开始意识到男女，忽然有一天觉得女生和男生不同，女生比男生好看，个别的女生比其他女生好看，好多男生总是一致地认为这些个别的女生比其他女生好看。我知道是你这个大毛怪在作怪，而且是班上男生身体里的大毛怪一起在作怪。如果我身体里的大毛怪喜欢西施，其他男生身体里的大毛怪喜欢东施，我抱西施睡觉，他们抱东施睡觉，皆大欢喜，这个世界就容易太平，可是你们这些大毛怪都喜欢西施。在有了这个发现之后，我开始为世界和平担心。

疯长的第二个阶段是大学后半期。快要毕业了，国家不包分配工作了，每个人的在校成绩不同，GRE、GMAT、托福成绩不同，爹妈不同，前程不同。女生身体里也有大毛怪，她们的大毛怪也似乎有趋同的要求，她们的大毛怪都喜欢成绩好的、父母有钱有势的、前程远大的男生。在这些大毛怪眼里，男生的成绩、父母和前程似乎远比男生见识的高低、肌肉的强弱和鸡巴的长短粗细重要。这一点，任何学校都秘而不宣，没有任何老师做任何简单的传授。

疯长的第三个阶段是在我三十岁左右。我医科毕业，MBA毕业，开始平生第一份全职工作，在麦肯锡做咨询顾问。三十岁时，我出版了我的第一部长篇小说，但是完全没把它当作一件大事儿，那次写作仿佛漫长的冬夜里一次漫长的自摸，过程中意象丰富、天花乱坠，但是，爽了，完了，完了就完了，黎明之后，还得奔向机场，赶早班机，继续工作。这个全职工作是管理咨询，说白了就是帮客户想明白、说清楚，把变革推动起来。我猜想，小一百年之前，那些创始合伙人设计这家咨询公司内部运营系统的时候，应该也参考了他们自己身体里大毛怪的特性，设计出的这个运营系统呈现生物界的温暖和残酷。资深的顾问对于刚入门的顾问手把手倾囊而授，毫无保留，但是每半年一次考评，每两年至少淘汰百分之五十的人员，毫不留情。和我一拨进公司的三十人，或主动离开，或被动淘汰，两年之后只剩了三个。

我偶尔好奇，你在我身体的什么地方，脑子里、心里还是血液里？你的作息和我不同，我醒的时候，你或许睡着，我睡着了，你冒出来的机会多些。你疯长的表现就是我会长期地反复地做少数几个类似的梦。过了你第一个疯长阶段，我常常梦见考试，语文考试，我梦见我梦到了作文题目，如果梦对了，梦里就笑出声来，如果梦错了，就从梦里惊醒。过了你第二个疯长阶段，我常常梦见考试，数学考试，偶尔做得出来，基本都做不出来，基本从梦里惊醒。过了你第三个疯长阶段，我常常梦见开会，全部迟到，全部手机没电或者找不到联系人，全部从梦里惊醒。

这三个梦交替出现，尽管我已经出版了五个长篇小说，我还是梦见作文考试，尽管我开过无数的会，我还是梦见开会。从这些梦，我知道，你长歪了，像一个盆景，貌似完整，其实残缺，貌似美丽，其实拧巴。你干扰了我的幸福，你是个大毛怪。

你这个一直在我身体里的大毛怪啊，记住，我一直会调戏你的。不知道在将来无尽的岁月里，是你死还是我活，是同归于尽还是相安无事。我隐约感到，如果能彻底灭了你，我就在另一个层次，离佛不远了。

这次就先到这里，下次再说。

冯唐拜

30 大国

英国：

你好。

对于我这个出生于二十世纪七十年代的中国人来说，在相当长一段时间内，你的影响挺小。从国家的影响力来说，先是苏修和美帝。苏联送来革命，革命救了很多人，也死了很多人，反正改变了很多人，苏联还帮我们打跑了日本，帮我们在朝鲜顶住了美国，但是也策反了外蒙古，抢了东北工业区很多东西，做的都是大事情。美国从记事儿起就是敌对阵营的领头大哥，你们欧洲似乎都听他的，我们学英文也都练美式发音，儿化音和北京话接近。美国先在朝鲜敲我们的脑壳，再在越南踩我们的脚趾，以后时常在台湾踢我们的睾丸。美国没开一枪一炮，只是和苏联比拼制造武器，比拼了二十年，苏联就被消耗没了。影响力再往后排列，是日本，杀了我们很多人，输入的塑料壳电视和录像机掏光了我们的积蓄，但是输入的AV我们基本是免费看的。影响力再往后排列，是德国，是法国，一个出哲学和好相机，一个出花衣服和骚逼。至于你英国，除了有个美丽优雅的女皇和曾经富过，似乎想不起其他什么了。

第一次听到你被尊称大英帝国是我在美国上商学院的时候。一个长得非常老实的台湾乖乖女生让我们猜谜语：哪个国家的女生阴蒂最大？她的语气温柔婉约，我们看着她的大黑边近视眼镜，谜面就已经雷倒我们了，答案更加猜不到。台湾乖乖女生说，大英帝国的女生阴蒂最大，所以才叫大阴蒂国。台湾话后鼻音都不发的吗？

至今，我去过多次美国和欧洲，几乎跑遍亚洲，常住香港，还没有去过一次你那里，但是对于你的印象，慢慢从这些经验中搭建起来。

先是文字。就着英国小说原文学习英文，读了近乎全套的劳伦斯、毛姆、史蒂文森。对比大西洋彼岸的美国同行亨利·米勒、凯鲁亚克、马克·吐温，你的作家能不用大麻和罂粟、不用酒精、穿齐内裤和怀表和发胶，平平静静、清清爽爽地讲述心中的大痛苦、命中的大欲望、少年时代的大梦想。除了你那里，除了南宋或者明末的中国江浙，其他地方出不了文体学家，你们的文体学家哪怕没有任何原始能量，他们的书里哪怕什么都没说，光读文字就能养眼，白皙、流畅、不浓不淡的香。

再是玉。最近五年开始被中国古玉吸引，中国用玉的历史比用文字的历史还长，我的感受里，玉上汇集的中国古代智慧和灵异似乎比中文上的还多。反复听到几个行家讲，尽管你的帝国已经没落多时，但是最好的中国古玉还是在大英博物馆。大英博物馆没去过，但是我反复读了Jessica Rawson写的那本关于中国古玉的书，无可争议的第一权威。人类手工技艺的巅峰（注：不是艺术品位的巅峰）在中国的康雍乾，在英国的十八、十九世纪。我看1792年乔治三世遣特使和乾隆互赠的那些彩缎罗绮、文玩器具、钟表瓷器，想像这两个男人互相理解彼此国家的器物之美，器形、纹饰、雕工，从大处到细节，一定没有任何困难。

再是香港。最近几年在香港待，从这个逼仄到走人行便道需要时常换挡加速减速的岛，体会到你无形的好处——法制和秩序。交通通常很好，再不好的时候也堵不死，几乎见不到抢道的、夹塞的、乱停车的。根据一天里不同的时间段，估算从一个地方到另外一个地方的交通时间，可以准确到五分钟之内。这不是人心的问题。我们同样的司机，两地车一开到深圳，精神就开始亢奋，两眼放光，反复变道，开窗吐痰，呵斥行人，说，我们的车牌要是个武警牌子或者粤O的牌子就好了，就可以逆行，就可以闯红灯了。这不是路修得少的问题，北京修了这么多路，从双井到三里屯，可能十五分钟，可能六十分钟，可能第二天早上。再比如，香港的山和海保护得很好，住在闹市，打车十分钟上山，坐大巴十分钟见海。如果这么一个岛在北京附近，会先被各个部委把山南水北等等最好的区域占掉，然后各个有实力的开发商和各个省市争夺靠近这些最好区域的地块，或许会留一个不好分配的区域作为公共绿地，绿地周围全是卖小吃、冷饮和工艺品的摊位，绿地里面全是包装纸和饭盒。区域之间的道路总被车辆停满，从一个区域到另外一个区域有三种选择：坐直升机，警车开道，凌晨两点到四点之间出车。

2050年，我们能活着见到中国GDP超越美国，占世界百分之二十五，中国消费了全世界百分之五十的LV包包和PP表，中国囤积了非洲百分之五十以上的石油和铀矿储备。2050年，我们活着看不到中文的文体学家，看不到中国的大英博物馆，看不到北京能有接近香港水平的交通。

我希望我的判断错误。

冯唐

31 大同

2084年：

见信好。

我估计不能活着见到你，所以写封信给你，聊聊我希望的你的样子。到时候这封信能见到你，你也能读到这封信，也算你我神会。

第一，希望你有足够干净的食物、水和空气。到了2084年，除了雨雪雷电的日子，天基本是蓝的，日光变化时，人眼能看到这种美丽的光芒。人们基本足不出户，就能用上抽水马桶。水龙头里流出来的水，基本是可以直接饮用的。粮食、水果、猪肉和牛奶是粮食、水果、猪肉和牛奶，基本可以不假思索地食用。胆敢在食物上动手脚的奸商基本都被抓起来了，被罚每天只能食用他们贩卖的粮食、水果、猪肉和牛奶。

第二，希望你有符合基本常识的教科书、教师和足够的学校。选教材的时候不要篡改前辈大师们的文字，他们文字里有所谓不洁的东西，不是他们的错，是世界和人类本来就带着喜怒哀乐悲恐惊、贪婪和寂寞、凶杀和色情。相信学生，他们有消化能力去面对。教师总体的智力和人格要在中上水平，不能是偏执狂和虐待狂，可以偶尔有冲动打骂学生，施言施棒为了传道就好。学校要防火、防震、防踩踏，即使最边远的也有足够的电脑和没有防火墙的宽带。

第三，希望这种教育系统出来的学生以及你那时候多数活着的人，在各自不同的状态下崇尚某些共同的东西：能在生活上和精神上自由自信、自给自足，不多不少、独立思考，己所不欲，不施于人，己所欲，也要和别人商量之后再施于人；熟练掌握小学应用题，能用至少一种外语交流，会背几十首《诗经》和唐诗，认识几十种动植物，去过十来个国家，知道人体基本结构和男女之间的基本差别；除了打电子游戏，也上街打架，除了看毛片自摸之外，男女之间也抚摸彼此；不打瞎子，不骂哑巴，不随地吐痰，不把嚼完的口香糖趁人不注意贴在桌椅底面，不用公器谋私利；有信仰自由，但是远离狭隘，不仅仅是屈尊而就的包容，而是对于他人和异端和未知抱有足够的尊重和敬畏，不因为自己所长而贬低别人；有享受简单快乐的能力：一块糖，一杯冰啤酒，一个拥抱，一首诗歌，一个空闲的和家人在一起的夜晚。

第四，希望人人享有医疗保健。使用百分之二十的基本药物和普通仪器，救治百分之八十的疾患。不投入无限资源去消灭死亡，或者过分延长生命，世界上的人口比2010年减少一半。人们一辈子平均会做两个以上性质迥异的工作，会爱上两个以上性格迥异的人。人们注定没有决定出生与否的自由，但是到2084年，人们应该有死亡的自由。

第五，希望每个关键的行业都只剩三到五个玩家，有序竞争。尽管不是天天兵荒马乱，但是创造、保护、毁灭的轮回定律还在，还能出现苹果这样的公司，凭一个理念、一个方案、一个人的领导打败微软这样的大毛怪。每年，没有很多物种消亡，但是有几个美好的产品被创造出来，有几个美妙的雕塑或者装置、几幅美妙的画或者摄影、几篇美妙的小说或者音乐被创造出来，每年都有惊奇让人拍案。

第六，希望到了你那个时代，图书馆全部全年免费开放，开架阅读和借阅，不怕损坏和丢失。损坏和丢失不起的图书，提供复印件。所有公园和大学校园都没有围墙。博物馆馆长们普遍具有超越世俗的审美和不逢迎时宜的态度，不把十万块一辆的吉利美人豹跑车摆到中国国家博物馆的楼道，不把翡翠白菜和红烧肉石当成台北故宫博物馆的奇珍。

我不是学社会学的，上述纯属个人臆想，聊为一家之言。我也不是孙中山，不知道如何实现。

遥祝你，2084年，风调雨顺。

冯唐

32 大戏

我的下一本书：

你好。

2011年1月底，我写完了长篇小说《不二》，电子版发给二十个朋友，然后自己开心过节喝酒去了。对于这二十个朋友，我叮嘱三点：别外传，告诉我读得是否有生理反应，欢迎读后感，长短不限。

子不语怪、力、乱、神。《不二》是“子不语”三部曲的第一部，关于乱，关于神。国内书商中能量最大的四个，并称“四大波”，路金波和沈浩波是其中少壮的两个。他俩看了《不二》，结论统一，说，嘿嘿，二十年之内内地出不了。我把《不二》拿给我台湾的书商，她看了，又看了，约我面谈，说要2012年底才能出。她计划先再出一遍我以前的书，然后再出《不二》，让台湾读者有个心理准备，别被吓到。2011年5月底，香港天地图书总编辑颜纯钩辗转联系到我，要了稿子，看了，约我喝早茶，说，他要出《不二》，马上出，赶7月的香港书展。颜老哥说，他不怕。我也不是被吓大的，于是说，好，尽快出。

2011年7月底，《不二》初版，截至年底前印了七次，成了2011年香港卖得最好的小说。机场书店见得到，和刚死的乔布斯的传记摆在一起，和各种政治谣言书摆在一起。九龙街上报刊摊儿上见得到，和2012年风水运程书摆在一起，和《龙虎豹》等色情杂志摆在一起。收到几十篇关于《不二》的书评，总字数远远多于《不二》本身，有的说有生理反应，仿佛看《肉蒲团》、《金瓶梅》；有的说没有生理反应，“刚似乎有一点反应，小说就逼人思考人生，反应立刻停止了”。有的说看到了长安城，有的说看到了北京城，有的说体会到了佛法，想到《金刚经》、《圆觉经》，有的说我是末法魔王，应该千刀万剐。我想，《不二》有了它自己的生命，仿佛一桶水从山头倾倒下去，在哪里接树，在哪里及泉，在哪里湮灭，在哪里蒸发，谁也不知道，也和我没什么关系了。

罗永浩办完2011年的年度公开励志演讲，砸完西门子冰箱，又砸完西门子冰箱，我们俩一起吃饭。我举杯，对他说，干杯，你我终于名扬四海了。

2011年底，总编辑颜纯钩找我，谈我将来的创作，指导思想是：《不二》火了，太郎，加油。颜老哥给我指出两条道路：第一条道儿是制造话题，比如写有争议的历史人物，比如写社会当下的热点。第二条道儿是类型写作，比如再写几本黄书，比如写些调情、苦情、殉情的情色书，颜老哥说："日本有渡边淳一，中国尚无这类作家。"

这两条道我都不想走。第一条道儿有人走了，走得挺好，越走越宽，我祝他们幸福。第二条道儿和我的性格不符，我喜欢变化。

我告诉颜老哥，不害怕、不装懂、不灌水是对于写作者的基本要求，我的计划是继续进行汉语试验，学习短篇小说写作，同时陆续戏作三个长篇，一个言情，一个武侠，一个侦探。"子不语"三部曲先放一下，末法时代很长，不着急写完。我先养养精神，继续在湖边蹓跶，往湖里扔一块小石头，再往湖里扔一块小石头，看涟漪生成、荡开、消失，湖面似乎重新平静，身边妖风阵阵。

为了体现作为太郎的拼搏精神，我答应颜老哥，先出一个短篇小说集，一共八个故事，分两类。第一类是中短篇故事线。写长篇《不二》之前，我先写了一个两万多字的小中篇《不二》，“子不语”三部曲后两部的故事线也已写好，收录在这个集子里，一个叫《天下卵》，关于权力；一个叫《安阳》，关于灵异。《天下卵》的故事梗概是被高晓松拉到丽都啤酒屋神侃两次侃出来的，高晓松要拍成电影，我说好。我说要写成小说，他说好。我对电影一直持怀疑态度，认为最好的小说拍不成好电影。双方君子协议：小说版权归我，我不负责写剧本，如果拍成电影，注明：Story by Xiaosong Gao，adapted from Feng Tang’s novel。第二类是单独的短篇小说，多数发表在《时尚先生》和《时尚芭莎》。好几个我喜欢的美国小说家都把短篇小说发表在时尚杂志上，我觉得是个好传统，至少可以多挣点稿费。

即将出版的这个短篇小说集的名字就叫《天下卵》。

马上开始写下一本书，戏作一个长篇言情小说，写：相悦、纠缠、痴迷、贪恋、嗔怒、欢悦、蚀骨、淡漠、璀璨、幻灭。给你起了一个名字，叫《不叫》。

冯唐

33 大老

大哥：

见信好。

昨天很晚才到南宁，Google上不去，但是Gmail上得去，查看邮箱，看到你的信，信的题目是《五十岁》：

> 肩周炎这些天疼得厉害，没及时回你邮件，两个月了，越来越厉害。日常生活困难：不能打字，不能穿脱衣服，拿不住东西，洗澡上厕所也困难；疼痛整日伴随；无法睡觉。医生说：十八个月。总之：糟糕，烦人。
>
> 四十岁开始走下坡，眼花，头发胡子鼻毛开始白。五十岁新毛病开始，掉门牙等，各器官构件开始迎接老龄的到来。人活一世，草木一秋。今年弄了挺多地雷花、指甲花的种子，对长年生的植物失去兴趣了。

我和你说的关于老爸，你知我知，别让当事人知道吧。我说：咱们家老妈和老爸这两支奇葩是你惯的，你不要介意。老爸是个危险源，几次我看到，他用电饭锅热东西，烧干锅，就为了热半碗米饭。几百元的水龙头，不好好用，转头就告诉我，坏了。我总说他，结仇了。他整天护着他那些吃的东西，觉得我吃东西没规矩。我真想说，都这岁数了，吃东西要他妈哪门规矩。不说了。

我说我的身体状况的时候，是在提醒你。

社保的事快办完了，还有几个月。

我这次到南宁开集团年会，住的地方山清水秀，山上有荔枝树，水里有锦鲤和黑天鹅，小路上有孔雀，叫起来声音大得如猫叫，叫完就开屏。荔枝树不高，有的孔雀连飞带爬可以上树，我原来一直以为孔雀不会飞翔，现在知道了，能飞，就是飞得非常难看，仿佛锦鸡似的。

和往常的会议一样，山水注定被浪费掉，草木禽兽都没啥想法，开会的人心里事儿多多。有人的地方就有人事儿，正常，我会平常心面对。

你五十岁大寿来临之际，忍痛给我写这封邮件，我知道你在提醒我，好花不常开，老之将至。

我十九岁到二十七岁学医，看了不少生老病死，有些感性认识。进入四十岁之后，有时戴着眼镜也看不清文件和电脑屏幕，仔细擦镜片似乎也没用，我感觉眼睛可能开始花了。头发和鼻毛也在一两年前开始见白。开会坐一天也有些坐不住了，一根脊柱似乎牵着很多酸痛。酒量变得不稳定，但是喝酒之后，睡眠变得非常稳定的差，在酒劲儿打击下昏然睡去，早上三四点醒来，窗外月亮比路灯亮。写东西还算顺，似乎给中文最大的贡献已经做完了，似乎还有心气再探探中文表达的极限在哪里，但是写多了背痛很厉害，常常幻想把胳膊、肩、背、腰卸下来，拆散，晒晒太阳，上上机油，再重新组装上。你在我前面走十年，给我的都是很好的提醒。

社保很好，你一直容易心慌，社保给你多些心安。

你的身体，以前一直劝你，你不听。说白了，身病就是心病，在很大范围内，身体如同机器，越用越灵活。你不问世事多年，时间多，你几个住处，旁边都有很好的活动设施，后海有湖，工体有草地，二环边上有护城河。你每天打开房门，强逼自己出去走走，每天半个小时，就不至于两个肩膀到现在的程度。你的心闭合了，身体就抽抽了。

人活一世，草木一秋。你说得没错，希望你真悟，然后往那个方向去想，去践行，各种束缚就会越来越小，心路就会越来越宽，身体也会越来越舒坦，甚至腋窝下长出翅膀。人关键在于心态。如果往宽了想，咱们父母都还健康，这么大了，快八十了，还都能吃、能喝、能做饭、能骂街、有欲望、能到处跑，已经是我们做儿女的大幸了。如果往窄了想，就像你说的，咱们老妈和老爸都是奇葩。说到底，对于这两个人，关键还是在于你的心态。到了这个阶段，养亲以讨欢心为本。不要希望按照自己的价值观改变他们，你的胜算很小，你的价值观不一定就全对。要顺应，要放下自尊。你如果真担心他们，就多陪陪他们，顺着他们，把他们当小孩儿，哄哄，再过几年，你想陪，他们不一定在人世。退一步，如果放不下自尊，就躲开，去大理、青城山、威海，眼不见，心不烦，或许还能多些想念。

从一个角度，我了解你的苦，从另一个角度，我又替你可惜。你有全部资源可以享受生活，享受我没有机会享受的生活：适度锻炼，各处走走、住住，睡到自然醒，看看闲书，种点花草，陪老爸老妈坐坐，晒晒太阳，学门无用的手艺，弹弹吉他，打打电子游戏。天下无易境，天下无难境，难易存乎一心。

其实，老妈和老爸是两支奇葩，你是第三支奇葩。

马上就五十岁了，你生日那天中午，我给你过生日，去哪家馆子喝小酒，你定。那天晚上，我飞上海。

冯唐

34 大作

李银河：

你好。

感谢你的信任，把你最近写的短篇小说集发来。因为内容涉及虐恋，你反复叮嘱，读完删除。你像绝大多数有真才学的人一样，没有自信，充满自尊，希望小环境和谐，忘记自己已经得到的一切，一辈子记得自己介意的点滴。你问我，这些小说值得写吗，值得发表吗？我看过之后，在直接回答你的问题之前，先想到的是另外一个每个真正的作家都躲不开的问题：我为什么写作？

这个问题，孔丘答过，拜伦答过，乔治·奥威尔答过，劳伦斯答过，亨利·米勒答过，海明威答过，库尔特·冯尼格答过，王小波答过。人有人生观、世界观、宇宙观，作家有审美观、道德观、正义观、写作观，无可奈何花落去，躲也躲不开。

我记性不好，比背诵唐诗、宋词一定输，但是我直觉好，没背过的唐诗、宋词，掩上几个字，我常常能猜到，即使猜错，也常常比原来用的字格调高。老天赏饭，和自卑以及自尊无关，三月桃花开，躲也躲不开。

所以我也记不得我读过的先贤们的写作观，所以按照我体会的时间顺序，和你唠叨唠叨我为什么写作。

最早的时候，我小学五年级，写作为了学习汉语。

我那时初步掌握了一两千个汉语词汇，毛笔字练习柳公权和颜真卿。区里通知比赛作文，题目是“江山如此多娇”，我语文老师是个热爱妇女的老右派，他说我对大自然似乎有感情，汉语词汇又多，逼我写一篇。我老妈是蒙古人，喝白酒，喝多了说蒙古话，唱悲伤的歌曲，趴在地上流眼泪和鼻涕。我没去过草原，写了一篇《我在草原》，后来才发现，另外一个学校有个胖男生，比我更无耻，他从来没在地面上仰望过星空，写了一篇《我在火星上望月亮》。我在作文里用了五种主要代词：“我、你、他、她、它”，用了接近三百个形容词。结果是那个胖男生得了一等奖，暑假去全国写作夏令营做交流，我得了二等奖，奖品是冰心的《寄小读者》和《再寄小读者》。

后来，我高中一年级，写作为了消除内心肿胀。

我那时开始喜欢女生，觉得女生比榆叶梅好看，特别是在她们笑的时候，开始喜欢穿漂亮衣服在女生面前不经意走来走去，开始喜欢抽烟、做古怪的数学和物理题、读《庄子》和《存在与时间》等等脱离日常吃喝拉撒的风雨中独自牛逼的活动。没抱过女生，但是已经开始有日本和欧美的毛片看，但是看毛片自摸只能消除裆下的肿胀，消除不了心里的肿胀。于是开始写，一本一本稿纸地写，一支一支圆珠笔地写，右手中指写得弯曲，十七八岁写完了第一个长篇小说，一个字接着一个字，十几万字，肿胀随着倾诉渐渐消失，我心里舒服了，也决定彻底忘记写作这件事。自己折磨自己可以，用折磨自己的方式折磨别人就不一定了，不写了，别人也不用看了，我开始用世俗的方式追逐世俗的幸福。

再后来，我在美国学MBA，写作是为了消磨时光。

美国大好河山，但是与我无关。或许是唐诗、宋词看多了，外国姑娘不知道杜牧和柳永，我对于外国姑娘没有邪念，而周围的中国女生都是女战士，穿西装套装，盘头发，肉色丝袜，公文包，到处投简历、拓展社交圈子，拼命要进华尔街的投资银行。我不喜运动，不迷恋歌星，习惯性不看电视，不爱在网上论坛吵架，窗外每天都有黑夜，黑夜一天比一天漫长，我打开电脑，开始码字，写自己第二个长篇小说，追忆我在医学院八年没能想明白的身体生长和没能泡透彻的拧巴女生。

再后来，我在国内干繁重的全职脑力劳动，写作是为了打败时间。

2000年底，在被二十家出版社因为“颠覆传统道德”为理由拒绝之后，我出版了在美国消磨时间写的长篇小说。小说出版之前，周围很多人说好，我拿到纸书之后，直接打车去我常去的中国美术馆附近的三联书店，看我写的小说有没有上销售排行榜。没上。我不理解为什么，确定眼睛没看漏之后，打车回办公室，发现手机丢在出租车上。又过了两周，我再去，还是没上排行榜，再打车回办公室，这次手机没丢在出租车上。

那时候，每周工作八十个小时，几乎没在晚上两点之前合过眼，几乎没过过完整的周末，繁重的脑力劳动偶尔让大脑产生肌肉繁重体力劳动之后的酸痛感。在不需要工作的细碎的时间里，我在电脑上码字，欲念纠缠，对于现世，我幻想有一天，“文能知姓名”，千万双手在我面前挥舞，上街如果不戴墨镜，就有人问，你是不是谁谁？对于来世，我幻想五百年后的某一个春天，杨花满天，布谷鸟叫“布谷、布谷，光棍真苦，光棍真苦”，有个和我眉眼类似的少年，遇上和我少年时代一样的问题，翻开我的书，一行一行读完，叹了一口气，灵肉分离。

现在，我还在干繁重的全职脑力劳动，写作是为了探索人性。

还是每周工作八十个小时，和人打交道的时间比和自己独处的时间多，在飞机上吃的饭比在地面上的多，坐着睡觉的时间比躺着睡觉的时间多。我不打高尔夫，我父母康泰，我无儿无女，我不纠缠欲念，我不在乎糟蹋自己的肉体，让颈椎、胸椎、腰椎、骶椎、尾椎长出细碎的增生和结节。在想短暂放下工作的细碎的时间里，我零敲碎打，总共写了五个长篇、三个杂文集、一个诗集、一个短篇小说集。想想我少年时代的汉语文字英雄，司马迁、李白、杜牧、兰陵笑笑生、李渔、张岱，周作人、周树人、沈从文、王小波、王朔、阿城，我尽量客观地看，看到我血战古人而杀出重围，长出了昆仑山巅半米高的我那棵野草。我遥待五百年后心地纯净的来者，之后，除了死亡、自宫、一言不发，我还能干点什么？

我不自主地跳出来，反观自我。我看它如同看一切人类，它有它的短长，它有它和其他人类一样的局限，“我不是爱我自己，我是爱人类。我不是厌恶我自己，我是厌恶人类”。我不需要外求，我探索汉语的可能，我心中没有不能被说服的肿胀，我没有多少剩余的时间可以消磨，我不再痴迷五百年后文学史的写法。我想象我是个矿工，拿“小我”当矿山，人性无禁区，挖掘人性的各种侧面和底线，看到山崩地裂和天花乱坠，每天得道，每天可以没有明天。

所以说，银河，我看完你的小说，我看到清通简要的汉语，我看到你在写作这些小说时候的快感和惆怅，你消磨了你除了文字不能消磨的时光，你写了之前的汉语没有描述的人性，你经历了所有伟大而谦卑的作者所经历的一切光明与黑暗，你还纠结什么？你还期望什么？

除了自渡与渡人，其他毫无所有，毫无所谓。

顺颂笔健。

冯唐

35 大是

韩寒：

见信好。

虽然和你不熟，但是认识你有好几年了。你我没碰面之前，我老早就听说《三重门》大卖，多处见过你头发老长的照片，知道你身手矫健、赛车常胜。你我碰过两次面，第一次是路金波搞活动请我们几个一起去澳洲玩耍，金波是你我共同的出版商。好久没出去玩耍了，我很开心，在海边和一个美女散步，在街头听另一个美女讲八卦，晚饭后在酒店和第三个美女喝澳洲红酒。你常常在睡觉和照相，你相机的散景效果很好。第二次是在金波的婚礼上。你来晚了，到处打招呼。那次婚礼挺真诚，新婚夫妇告诫客人们，不许发微博，放松了的客人们收起手机，专心致志地在礼堂里到处体会爱情。

我尝试读过《三重门》，老气横秋，不好玩，没读下去，看了

《长安乱》，翻了《一座城池》，偶尔看你的博客短文。坦率说，我不喜欢你写的东西，小说没入门，短文小聪明而已。至于你的赛车、骂战和当明星，我都不懂，无法评论，至于你的文章，我认为和文学没关系。文学是雕虫小技，是窄门。文学的标准的确很难量化，但是文学的确有一条金线，一部作品达到了就是达到了，没达到就是没达到，对于门外人，若隐若现，对于明眼人，一清二楚，洞若观火。“文章千古事，得失寸心知”。虽然知道这条金线的人不多，但是还没死绝。这条金线和销量没有直接正相关的关系，在某些时代，甚至负相关，可这改变不了这条金线存在的事实。君子可以和而不同，我的这些想法，长时间放在肚子里。

2012年的春节，方舟子说你“代笔”，不少人就着方舟子质疑的微博看了春晚。我和方舟子完全不认识，我认识的两个胖子罗永浩、和菜头也从来没有说过他一句好话。我看过方舟子的两个访谈视频，完全不喜欢这个人，但是充分肯定他在现世存在的积极意义。我的印象中，似乎每个大学宿舍楼的每一层都有这么一个方舟子，他们最大的乐趣是抬杠：你说宗教有用，他就说宗教的用途其实都能被其他非宗教的物质替代，比如大麻就能产生宗教崇高感；你说中医没用，他就说中医的安慰作用难道不是作用吗？我们通常叫他们“杠头”，平时不搭理他们，失恋之后找他们聊天，打发失恋最初那两三星期最无聊的时光。我对于“代笔”这个议题也没有任何兴趣，除非本人承认，这个议题几乎是不能被证明的。哪怕代笔人指控，没有两人交接代笔工作的录音带，本人都可以完全否认。所以最初听方舟子的各种臆断，怀疑你有代笔，我完全当成笑话，完全没动脑子，转身忙别的去了。

反而是你和你粉丝对于质疑的过激反应让我多看了看方舟子收集的资料，看了之后，我作为一个长期的写作者，产生三个疑问，只是疑问，没有任何结论。第一是你绝少谈自己的作品和创作过程。谈什么是一个人的自由，但是在我有限的认知中，没见过一个作家或者艺术家能够忍住不谈自己的作品和创作。我翻过近期一本有你访谈的杂志，里面全是赛车，这本杂志不是汽车杂志。第二是你文风改变太多。不仅小说和杂文呈现的气质差异巨大，《三重门》和之后那些长篇小说也不像出自一个人的手笔。这点疑问没有任何科学依据（测谎仪都有，我想应该有软件能够分析作者的遣词造句和语法习惯），完全来自我长期码字的直觉。第三是你这次对于方舟子反应过激。方舟子骂一句，你回一句，他吐口口水，你还一口口水，一口不漏。之后，你还悬赏，还晒手稿和家信的照片。你身经百骂战，每次都得胜回朝，这次不至于这样坐不住啊。对于方舟子，你可以完全不理，可以诉诸公堂。如果你非要较真又不想牵扯法律，你完全可以在媒体公证下，花三五天自己写出一万字小说或者杂文，一剑封喉，简单证明方舟子这次是真的错了。

某些媒体和公知曾助推你成大名，“代笔”大战之后，他们大量发表挺你的文章，写得比方舟子的更烂，越挺越可疑。某公知私下和我说，韩寒这个大旗不能倒，韩寒倒了之后，改革要倒退多少年，太可怕了，这是大是大非。

是否代笔且不论，我个人觉得，更可怕的是，因为你的“神话”，这个现世认为不读书、不用功写作，下笔就有如神助，不调查、不研究，大脚趾夹着笔就能轻松论革命、论民主、论自由，出书无数，千万双手就在面前欢呼，捷径就在眼前，轻松出门，大道如青天。更可怕的是，这个现世认为《三重门》就是当代文学杰作，你就是当代鲁迅，你轻松论出来的革命、民主和自由就接近真理。“世无英雄，竖子成名”，稀松平常，历来多见。“指鹿为马”，几百年一现，一现之后，末世不远。能容“欺世盗名”，但是不能容“指鹿为马”。这是底线，这才是大是大非。

是否代笔且不论，我个人觉得，更需要保护的不是一个神像，不管它是否建立在谎言之上，更需要保护的是现世越来越稀有的对于质疑的尊重、对于真相的爱好、对于写作的敬畏。这也是底线，这也是大是大非。

冯唐

36 大线

“金线”：

你说说，什么是文学的金线？

我在之前写了一篇《大是》，说韩寒的小说没入门，杂文小聪明，说文学的确有一条金线，一部作品达到了就是达到了，没达到就是没达到，对于门外人，若隐若现，对于明眼人，洞若观火。这篇文章招来很多骂声，帮助我重温了汉语里很多四个字的贬义成语（文人相轻、落井下石、沽名钓誉、口蜜腹剑，等等。唯一一个我倾向于接受的是“助纣为虐”，尽管我不认为有那么严重，方舟子和纣王差了很多等级吧？），也让我多了一个外号——“冯金线”。有人甚至认为这篇文章创造出了一个新的成语——“冯唐金线”。韩寒和我共同的出版商路金波说，冯金线啊，你应该写篇文章，阐述一下你说的金线，说说什么是好的文学。

先说，文学有没有标准？

文学当然有标准。

和音乐、绘画、雕塑、书法、电影、戏剧等等艺术形式一样，和美女、美玉、美酒、好茶、好香、美食等等美好事物一样，和文明、民主、人权、道德、佛法、普世价值等等模糊事物一样，尽管“文无第一，武无第二”，尽管难以量化，尽管主观，尽管在某些特定时期可能有严重偏离，但是文学有标准，两三千年来，薪火相传，一条金线绵延不绝。这条金线之下，尽量少看，否则在不知不觉中坏了自己的审美品味。这条金线之上，除了庄周、司马迁、李白、杜甫这样几百年出一个的顶尖码字高手，没有明确的高低贵贱，二十四诗品，落花无言、人淡如菊、流水今日、明月前身等等都好，万紫千红，各花入各眼，你可以只挑食自己偏好的那一口儿，也可以嘴大吃八方，尝百草，中百毒，放心看，放宽看，看章子怡变不成章子怡，吃神户牛肉不会变成神户牛。“文章千古事，得失寸心知。”可惜的是，和其他上述的事物类似，和真理类似，这条金线难以描述，通常掌握在少数人手里，不由大多数人决定。“尔曹身与名俱灭，不废江河万古流。”可幸的是，“大数原理”在这里依旧适用，以百年为尺度，当时的喧嚣退尽，显现出打败时间的不朽文章。如果让孔丘、庄周、吕不韦、司马迁、班固、昭明太子、刘义庆、司马光、苏东坡、王安石、曾国藩、吴楚材等人生活在今天，让他们从公元前500年到公元2000年选三百篇好的汉语，《诗经》、楚辞、汉赋、唐诗、宋词、明清小说、先秦散文、正史、野史、明小品、禅宗灯录百无禁忌，我愿意相信，重合度会超过一半。这些被明眼人公认的好文章所体现出的特点，就是那条金线。

再说，这个好文学的标准重要不重要？

标准当然重要。

中国历来地大物博，人口众多，物产匮乏，人们喜欢争抢，走捷径，坏规矩，浑水摸鱼，成者为王，得过且过。没有标准，没有底线，容易混事，一直往更低的地方出溜，容易自我满足，容易让竖子成名。但是，没有标准，很难提高学习效率，很难持续地创造出好的东西。彻底没标准之后，明眼人的数量持续减少，被嘲笑，被放逐，被阉割，被杀戮，竖子成名后继而成神（或者更精确地说是被推上神坛，可是，他也没拒绝啊），再之后，常常会出现“指鹿为马”，残存的明眼人因为各种利益和各种忌讳而集体噤声，即使发生，也是“嘿嘿，嘿嘿，呵呵，还行，凑合”，于是鸡飞狗跳，一地鸡毛，末世来临。“将蕲至于古之立言者，则无望其速成，无诱于势利，养其根而俟其实，加其膏而希其光。”慢慢来，走窄门，长远看，反而是最快最短的通向美好的道路。

最后说，你这条金线到底是什么?

西方人有《小说的五十课》，中国人有《文心雕龙》，这些大部头文论都构建了相当复杂的标准体系。简洁的版本也有，西方人有个好文章的6C标准，用了六个形容词：Concise，Clear，Complete，Consistent，Correct，Colorful（简约，清澈，完整，一致，正确，生动）。更简单地说，表达的内容要能冲击愚昧狭隘的世界观和人生观，探寻人性的各种幽微之火，表达的形式要能陈言务去，挑战语言表达能力和效率的极限。

举些例子，不分今人、古人、汉人、胡人。

我在山下十四队，她在山上十五队。有一天她从山上下来，和我讨论她不是破鞋的问题……这时陈清扬的呻吟就像泛滥的洪水，在屋里蔓延。我为此所惊，伏下身不动。可是她说，快，混蛋，还拧我的腿。等我“快”了以后，阵阵震颤就像从地心传来。后来她说她觉得自己罪孽深重，早晚要遭报应。（王小波《黄金时代》）

冬天天冷，大雪封山，一出门就是一溜脚印，跟踪别人

经常被人家反跟踪，搞不好就被人家抄了窝子，堵着山洞，像守着冰箱一样样吃。（王朔《致女儿书》）

拿到饭后，马上就开始吃，吃得很快，喉结一缩一缩的，脸上绷满了筋。常常突然停下来，很小心地将嘴边或下巴上的饭粒儿和汤水油花儿用整个儿食指抹进嘴里。若饭粒儿落在衣服上，就马上一按，拈进嘴里。若一个没按住，饭粒儿由衣服上掉下地，他也立刻双脚不再移动，转了上身找。这时候他若碰上我的目光，就放慢速度。（阿城《棋王》）

他们吃肉不瞒人。年下也杀猪。杀猪就在大殿上。一切都和在家人一样，开水、木桶、尖刀。捆猪的时候，猪也是没命地叫。跟在家人不同的，是多一道仪式，要给即将升天的猪念一道“往生咒”，并且总是老师叔念，神情很庄重：“……一切胎生、卵生、息生，来从虚空来，还归虚空去。往生再世，皆当欢喜。南无阿弥陀佛！”三师父仁渡一刀子下去，鲜红的猪血就带着很多沫子喷出来。（汪曾祺《受戒》）

夜来月下卧醒，
花影零乱，

满人衿袖，
疑如濯魄于冰壶。（李白《杂题四则》）

I have no money, no resources, no hopes. I am the happiest man alive. A year ago, six months ago, I thought that I was an artist. I no longer think about it, I am. Everything that was literature has fallen from me. There are no more books to be written, thank God.（Henry Miller, *Tropic of Cancer*）

I knew it was my own creature I heard scrabbling, and when Sissel heard it one afternoon and began to worry, I realised her fantasies were involved too, it was a sound which grew out of our lovemaking. We heard it when we were finished and lying quite still on our backs, when we were empty and clear, perfectly quiet. It was the impression of small claws scratching blindly against a wall, such a distant sound it needed two people to hear it.(Ian McEwan, *First Love, Last Rites*)

我今天赶早班机去机场。五点多，太阳已经出来，不耀眼，不灼热，但是不容分说地存在，金光四射。机场高速两旁，成排的槐树苗还没茶杯口粗，靠近地表的树干浆成白色，树干附近，金线之上，二月蓝满满地蓝了一地。

我想，等我创作能力衰竭之后，我会花时间编一本文选，名字就叫《金线》。

余不一一。

冯唐

跋：我读冯唐

路金波/文

一、冯唐难封

有道是“冯唐易老，李广难封”。但现实是，四十一岁的冯唐“用文字打败时间”，妖娆地盛开在各界文艺女青年中间，尤其是每每大酒之后，在微博晒出挤青春痘的照片。

冯唐的书近两年越卖越多，然而圈内对其评价，却多呈两极分化之势。好者云“当世高手，鬼使神差，已臻化境”，恶者说“不知所以，阴僻自恋”。

同样一树苹果挂在枝上，若叫了贩子们来沽，你出七毛六，他出七毛八，断不会出现五毛和一块的差别。

为甚冯唐这几十万字铺在纸上，就有天上人间两种命运？

二、忘掉俗人张海鹏

客观地说，冯唐的走红与这笔名背后的真身“张海鹏”很有关系。张海鹏者，1971年（年轻啊）生于北京（帝都啊），汉蒙血统

（杂交水稻品种好啊），身长一百八十厘米（古往今来三千年美男子都这身高），红润国字脸（和赵又廷、阮经天站一起浑然一个新的偶像团体）。眼镜镶金边，袖口绣名字，皮带不是H的那是嫌它土，手里随便捏块石头那是杨贵妃她二姨传下来的古玉。

至于他如何在学霸横行的协和医科大学砍下博士学位，又如何去米国喝了洋墨水，怎样在人精辈出的麦肯锡做到合伙人，然后成为大国企总裁，以及他的后海府第和微博百万粉丝——种种传奇，可谓江湖之述备矣。总之，面对如此一个拥有完美人生的人，势利的老年人都会发自肺腑地赞叹：这要是我儿子就好了。

问题是，我们今天谈的是文学。卖苹果的时候，看货出价，不管它是王支书田间的还是黄寡妇地头的。谈文学，让我们先忘掉成功人士张海鹏。因为有时女粉丝的赞誉来自激素，而评论家的恶语来自嫉妒——这些都属于张海鹏，而我们今天只说冯唐。

三、文学是什么

全中国懂文学的人没几个，兄弟我有幸占了一个名额（看到这里摔门而去的朋友，不送了）。

文学可不是“研究文章之学”。中国人造字之初都是单字，先有“文”，通“纹”，就是用“字”记录。这些文按一定结构（“章”）组合排列，出来的一坨东西就叫“文章”。中国人写文章有两千年历史，但不论讲文章的《文心雕龙》还是讲文字的《说文解字》，可都和文学没有半毛钱关系。孔子口述《论语》，算哲学暨社会学暨法学暨经济学暨成功学大作，《史记》是历史书，《梦溪笔谈》是科学书，《资治通鉴》是政治书。这些东西统称“文章”，而所有识字的人统称“士”、“儒”、“先生”。西方自两千三百年前的亚里士多德就开始分类，所以科学和文艺兴盛。中国人则迄今搞不清楚作家和文人、知识分子、诗人原本就是不同的。

简单地说，文学就等于小说。

小说就等于用文字编故事的手艺。

小说是虚构艺术，英文里fiction原意就是“假的”。

写小说的人就是作家。

四、小说的“金线”

兄弟我衡量小说，看两方面：A.故事。B.讲故事的手艺。

“故事”这个词儿，可不能被理解成“过去的事”，它更接近“事故”。也就是说，故事不是你生活里陈芝麻烂谷子的一地鸡毛，而是被戏剧化了的事儿。小说不是生活的乖儿子，小说是戏剧的表兄弟（中文小说来自评书，西方小说来自戏剧）。

小说貌似使用现实中人的语言、行为、逻辑，但归根结底是虚构艺术。它最多是生活的比喻句。生活是零散的，小说是连续的；生活是复杂的，小说是单纯的；生活是停滞不前的，小说是一路高歌的（在这一点上，戏剧的最高商业形式即好莱坞电影做到了极致，它要求人物最终的状态一定要比最初的状态更高）。

人们之所以发明戏剧，又衍生出小说——这种明知是假的东西，是因为对现实的不满足。所以，我们谈论小说，不是看它如何趋炎附势、照猫画虎地描述生活——描述生活从来不是艺术家的工作，而是看它怎样用貌似生活的素材重新建筑了一个新世界。那新世界的骨架就是故事——没有故事，就没有人物，就没有新世界的一切。

故事本身不会单独存在，它必须以某种方式被讲述。有时讲述方式也构成故事的重要因素。小说是用书面语言讲故事的，小说家必须有属于自己的美妙语言，就像歌唱家有属于自己的能被辨认的美妙声音一样。

我们这就进入到冯唐的小说世界，去看故事，去看手艺。

五、北京三部曲：最好的，青春文学

冯唐本人若是在酒后突然听到我说他是青春小说家，一定会就近找到砖头和酒瓶扑将上来。但是为了文学，我假装先和张海鹏绝交，冒死把这篇文章写完再说。

先不急着标签的事儿，看看事物的本来面貌。

《万物生长》故事梗概：我，秋水，是医科大学的学生。厚朴、黄芪、辛夷是宿舍同学，各有怪癖。我有一个当导游的哥哥、出国的姐姐以及一个纯精神之恋的初恋女友，我还有一个精灵古怪的现任女友。有次我去酒店面试姐姐的后备男友，认识一个泼辣熟女，名叫柳青。我们医学院有传奇的白教授、足有一百岁的看门胡大爷、几个绝经期师太以及江湖异人王大师兄。某天柳青来找我，我帮她安排了打胎手术。我的第一次是和现女友。我出生的地方叫做垂杨柳。我和辛夷去看某个医疗器械展，偶遇柳青。柳青请我吃饭，又把翻译资料的活儿交给了我。我和女友是在军训时认识的，她和我棋逢对手，互相探索对方的身体长大。但是后来她爱上了一个清华男。我神情恍惚，想起失去初恋的时光。据说在后来，我和柳青有了新的故事。

上面这段总计三百一十三个字，其中有十六个我。

所谓青春小说，定义就是：不为老实讲故事，但求爽气吹牛逼。

写小说就是创世界，算是件盖房子的苦差事，但是年轻的时候拿起劳动工具，首先想干的一定不是盖房子，而是搭积木。青春小说家，就是用漂亮的文笔，把自己的年轻履历和绮丽幻想记下来，自己爽一爽。

在《万物生长》之外，冯唐接着又爽了两本，《十八岁给我一个姑娘》（此书起笔早于《万物生长》，但完稿和出版较晚，按人物关系应作为开篇）和《北京，北京》，组成了三部曲。其中《十八岁给我一个姑娘》讲的是：老流氓孔建国和朱裳的妈妈、女特务大车和小车、胡大妈和防空洞、功夫大师刘京伟和科学家张国栋、土包子桑保疆和波霸翠儿，以及考试、跳舞、踢球、打架，以及朱裳、朱裳、朱裳。《北京，北京》写了“我”和小白、小黄、小红的“老友记”。其中《万物生长》里的同学厚朴、黄芪、辛夷以及“女友”，《十八岁给我一个姑娘》中的刘京伟、桑保疆、小翠，都团聚一堂。而小说最后五十页，则以惊心动魄的柳青结尾。

大抵小说的写和读，是一个能量传导的过程。有些小说读不下去，想必作者写时也憋得脸红脖子粗，迟早要便秘。冯唐的三部曲，读起来畅快淋漓。我为了写文章的方便，将其中有漂亮段落的页面折起来，末了，原本一食指厚的书变成了一拇指厚。

例如：“如果她是一种植物，我的眼光就是水。这样浇灌了三年，她或许从来没有想过自己如此湿润的原因。三年不是一段很短的时间，简直有三辈子那么长，现在回想起来，搞不清是今世还是前生。”“我想，这时候，如果我伸出食指去接触她的指尖，就会看见闪电；如果吐一口唾沫，地上就会长出七色花；如果横刀立马，就地野合，她会怀上孔子。”（《万物生长》第十至十一页）。

这样的句子在六百页的三部曲里大概有三百处，平均每张纸上有那么一个地方让你眼睛亮一下，嘴角扬起笑一声，让你觉得花三十块钱买一本书不亏，以及相信这个叫冯唐的，老天爷是赏了他一口卖字的饭吃。

冯唐的文字有幼功，这是十三四岁时苦读司马迁、曹雪芹、劳伦斯给灌到经络里去的，就像劈一字叉都是七岁前打的基础一样。“我感觉中，朱裳却一点也不傲，常低了眉，颌了头，匆匆走过夹道，缩进座子。”（《十八岁给我一个姑娘》第九十九页）“柳青起身去水龙头洗脸，涮烧杯，然后接了一大杯水，一口喝干，还有些水珠子顺着头发、脸、嘴角流下来，整体还是乱七八糟的。柳青说：‘我告诉过你，我不是马，也不想是马，至少不想是你的马。天晚了，我要走了。’”（《北京，北京》第一百九十三页）短句子，多动词，似不用力，情境皆现，像传说中的老阿城。

正是靠着这些文字和趣味上的手艺，冯唐成功地销售了那些牛头不对马嘴的“故事们”。其中，最荒唐的是关于柳青那一部分。

柳青出场写得很精彩，中间发展高潮迭起，结尾却碉堡了——莫名其妙就爬上去一个白种裸男。更可笑的是，柳青的前半段写在《万物生长》里，后半段故事却突然出现在《北京，北京》。这他妈的相当于《人民日报》写个“下转第四版”，结果转到《环球时报》上去了。

所以说，冯唐用“北京三部曲”奠定了顶尖青春文学作家的地位，才气在郭敬明、张悦然、孙睿之上。

六、请注意2007年4月的这篇后记

如果冯唐的写作停留在三部曲阶段，然后去搞些时尚专栏的雕虫小技，我们现在也就不必讨论什么冯唐和文学的关系了。但是，长征的红军在遵义拐了一个弯决定北上，清澈的黄河在西北高原画了一个几字形进了中州。写于2007年4月的《北京，北京》后记，是研究冯唐创作的重要文献。

老天保佑，冯唐原来是个自知的人。他承认：“历史不容篡改，即使知道自己原来是个混蛋自恋狂。”他清晰地解析自己：“《十八岁给我一个姑娘》的时候，小男孩对女性只有幻想，没有感情……在《万物生长》的时候，只有感情，没有故事。少年人的将来太遥远，过去还不够久远，过去和将来的意义都还想不清晰。一切飘忽不定，插不进去，使不上力气，下不成雨……在《北京，北京》里，有感情有故事有权衡有野心，年轻人带着肚子里的书、脑子里的野心、胯下的阳具和心里的姑娘，想去寻找能让他们安身立命的位置和能让他们宁神定性的老婆。但是年轻人没了幻想，一

不小心就俗了。”

冯唐用三本小说疏导了他淤积在整个青少年时期的经历和幻想，消化了他积攒下来的二十一本日记和四百五十封书信——这些东西是一个写作者最初的财富，却是一个伟大写作者最终的羁绊。

冯唐写完了自己十四岁的启蒙、十八岁的叛逆、二十五岁的荒唐、三十岁的迷茫，终于把自己清空了。他在2007年4月的这篇后记末尾说：“我继续被时间这个东西困扰。《北京，北京》之后，会试着写历史，进入虚构之境。”

——好啊。欢迎来到虚构之境。欢迎光临小说的世界。这是冒险家和创世者的乐园！

七、《不二》

冯唐在四十岁的时候出版了《不二》。这是他首本用第三人称写作的书。

从“我”到“他”，对写作者是惊险一跳。多少昙花一现的畅销作家，写完了自己，不见了踪影。他们终究没有学会一种无中生有的造物技能。

冯唐，却，却，嗯，我想说，写出了名垂青史的杰作。

《不二》讲了弘忍挑选衣钵传人的故事，也是鱼玄机到长安寻访韩愈的故事，还是小和尚不二证悟的故事。借用本书的意象，这小说像鱼玄机的胴体，从脚踝到小腿，从大腿到幽谷，从小腹到胸部，从脊椎到屁股，都是圆润的。并且，这所有的圆润和谐统一成一个整体，晶莹剔透。所以阿德勒曾说，美就是完整、均衡、晶莹。

在这样完整闭合的结构里，冯唐的叙事天才恣意汪洋。他开篇写弘忍给新和尚烫十二个戒疤的两千字，是中国文字里最密集、最高超的幽默，这段文字即便由赵忠祥在春晚上朗诵，也能让人大笑一夜，从此过年不用依赖赵本山。而他在“七茶”章写道：“等了很久的春雨在一个众人梦里的早上到来，从天到地，下坠露水留在枝叶上，雨水打湿泥土。……男人从后面抱住了女人，肚皮和后背，彼此皮肤大面积地接触。锦衾也仔细一起用手脚掖了掖，睡着的时候，风和梦不容易进来。”瞬间相信，写“黄书”的冯唐原来是个诗人。

一百年后，有好事者排列中文小说百强，应有《不二》一席，地位介于金庸和莫言之间。

八、《三十六大》

理论上讲，我看不起杂文、散文。这些东西嘛，会上三千常用汉字，谁都能写，没什么技术含量。

也就是说，杂文这东西，拼两点，一是见识，二是文笔。凭张海鹏读过的书、走过的路，以及冯唐的文笔，要划拉两三千汉字，不就相当于拧开龙头接一杯自来水？

冯唐杂文一品，一百篇里偶有一篇失手，那是因为不用心，杯子口没对准水龙头。《三十六大》里写给学弟、小外甥的文章都诚恳，大有用，可流传，出了这本书，冯唐也算青年导师了。小朋友们学会降龙三十六掌，人生全面达到“金线”——当然，说起“金线”，牵扯到江湖上一段公案。我的意见是，文学肯定有“金线”。冯师傅的“金线”标准我同意。但他某次去丈量H师傅的长短，因为天黑，没看清楚，我不怪他。

九、诺贝尔

我花了十月的一半夜晚重读了冯唐。然后又花了剩下的夜晚重读了莫言。

莫言是地上长出来的，好结实。

冯唐是天上掉下来的。我想他能飞得很远。

写于2012年10月22日

冯唐

1971年生于北京，男，诗人、作家、古器物爱好者
《人民文学》杂志“未来大家”TOP20之首

1998年，获中国协和医科大学临床医学博士学位
2000年，获美国Emory University工商管理硕士
2000–2008年，麦肯锡公司全球董事合伙人
2009–2014年，某大型医疗集团创始CEO
如今，医疗投资、自由写作

已出版作品

长篇小说《欢喜》
长篇小说《十八岁给我一个姑娘》
长篇小说《万物生长》
长篇小说《北京，北京》
随笔集《活着活着就老了》
诗集《冯唐诗百首》
长篇小说《不二》
随笔集《三十六大》
长篇小说《女神一号》
有声诗集《吟诗》

微博：http://weibo.com/fengtang
微信公共账号fengtang1971

果麦 更好的精神食粮

三十六大

扫码，送好书

产品经理 | 孙雪净 封面设计 | 白咏明
责任编辑 | 金荣良 摄　　影 | 王进珽
媒介推广 | 俞乐和 刘嘉楠
技术编辑 | 顾利军 策 划 人 | 吴　畏

新浪微博：@果麦文化 微信公众号：果麦文化

图书在版编目（CIP）数据

三十六大/冯唐著.—杭州：浙江文艺出版社，2012.11（2016.7重印）

ISBN 978-7-5339-3503-0

Ⅰ.①三… Ⅱ.①冯… Ⅲ.①杂文集—中国—当代 Ⅳ.①Ⅰ267.1

中国版本图书馆CIP数据核字（2012）第250926号

产品经理　孙雪净
责任编辑　金荣良
封面设计　白咏明
图片摄影　王进瑚　刘嘉楠

三十六大
冯唐　著

出版　浙江出版联合集团 浙江文艺出版社
地址　杭州市体育场路347号　　邮编　310006
网址　www.zjwycbs.cn
经销　浙江省新华书店集团有限公司
印刷　北京旭丰源印刷技术有限公司
开本　880mm×1230mm　1/32
字数　123千字
印数　267,001-273,000
印张　6.25
版次　2012年11月第1版　2016年7月第23次印刷
书号　ISBN 978-7-5339-3503-0
定价　36.00元